Thomas Lange & Claude Theil

Die Händlerin der Worte

Svea

Thomas Lange & Claude Theil

Die Händlerin der Worte

Mit Illustrationen
von Sanna Wandtke

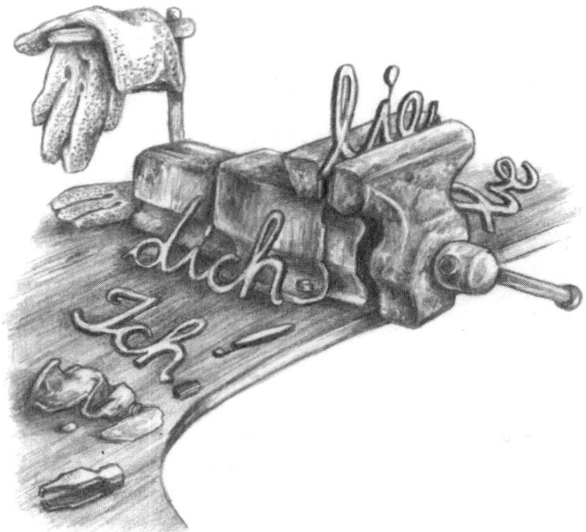

Ravensburger Buchverlag

Bibliografische Information der Deutschen Nationalbibliothek:
Die Deutsche Nationalbibliothek verzeichnet diese Publikation in der Deutschen Nationalbibliografie. Detaillierte bibliografische Daten sind im Internet auf www.dnb.d-nb.de abrufbar.

MIX
Papier aus verantwortungsvollen Quellen
FSC® C114500
FSC
www.fsc.org

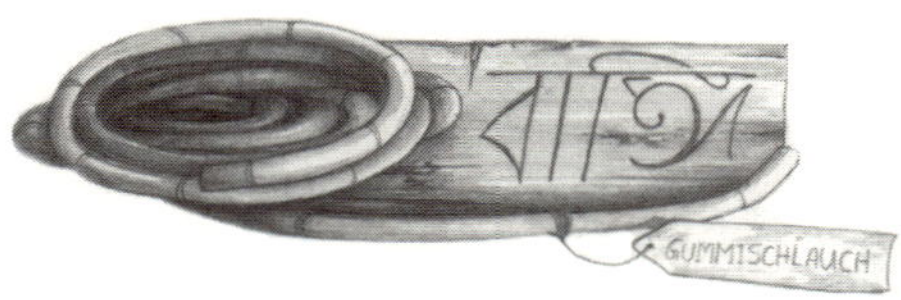

1 2 3 4 5 E D C B A

Originalausgabe

Postfach 18 60, 88188 Ravensburg
Umschlag- und Innenillustrationen: Sanna Wandtke
Lektorat: Jo Anne Brügmann

Printed in Germany

ISBN 978-3-473-36950-8

www.ravensburger.de

Inhalt

Für Picoletto

Der Diebstahl

Rums! Einen Moment lang dachte Jonas, er wäre gegen eine Mauer geprallt. Nein, das war keine Mauer, das war das Kopfsteinpflaster. Irgendjemand hatte ihn geschubst und er war bäuchlings auf den Boden gefallen. Für ein paar Sekunden fühlte er sich von der Welt abgeschnitten und um ihn herum breitete sich eine Art Stille aus, in der die Geräusche des Marktes dumpf und fern wirkten. Schnelle Schritte entfernten sich, Marktfrauen zeterten, ein Pferd wieherte, Räder drehten sich quietschend im knirschenden Sand und eine Peitsche knallte.

Jonas rappelte sich auf. Es war ein bisschen wie nach einem Sprung ins Wasser, wenn man wieder an die Oberfläche kam. Der Stoß war hart und unerwartet gewesen und der Fremde, der ihn angerempelt hatte, hatte einen überaus merkwürdigen Geruch hinterlassen, der immer noch in Jonas' Nase saß.

„Alles in Ordnung, Jonas?"

Leonie half ihrem Bruder auf die Beine, so besorgt und voller Mitgefühl, wie es nur eine große Schwester tun kann.

Leonie war Jonas' große Schwester und zehn Jahre alt – Jonas war acht. Sie waren schon oft alleine auf dem Markt gewesen, aber die Stände, die in diesem Teil des Marktes aufgebaut waren, kannten sie rätselhafterweise nicht. Da gab es einen Hutstand, an dem die Hüte wie von selbst auf die Köpfe der Kunden zu hüpfen schienen. Gleich daneben verkaufte eine Dame mit Pudelfrisur allerlei Hundeleckereien. Jonas rieb sich die Augen. Es sah fast so aus, als würde sie sich mit einem Hund, der ihre Waren musterte, unterhalten!

Der Obst- und Gemüsestand und der Stand eines Metzgers wiederum sahen nicht ungewöhnlich aus. Aber da, der Esel! Verkaufte er etwa zusammen mit

markt

einem Hahn Eier, ohne dass ihm ein Mensch dabei half? Jonas kniff sich zur Sicherheit einmal in den Arm, aber er träumte nicht.

Der Duft von Zimt und Vanille lag in der Luft und mischte sich mit dem süßlichen Geruch von Honig. Die Leute um sie herum hatten scheinbar ausnehmend gute Laune. Jedenfalls lachten sie, grüßten einander freundlich und machten sich höflich Platz.

„Was war das für ein Typ?“, sagte Jonas schließlich. Ihm war ein wenig schwindelig.

„Ich würde sagen, um es möglichst genau zu benennen, das Wort *Dieb* wäre bei dieser Gelegenheit besser angebracht. Hallo meine Lieben!“

Leonie und Jonas drehten sich um und entdeckten eine zierliche Frau, die mit einem zauberhaften Lächeln hinter einem Marktstand hervorschaute.

„Guten Tag“, sagten die Kinder höflich und starr-

ten verwirrt auf die Auslage des Standes. Warum lagen dort Wörter, Satzteile und ganze Sätze? Sie waren aus den unterschiedlichsten Materialien gefertigt, aber allen gemeinsam schien zu sein, dass eine geheimnisvolle Anziehungskraft von ihnen ausging. Jonas steckte schnell die Hände in die Hosentaschen, um der Versuchung zu widerstehen, eines der Wörter in die Hand zu nehmen.

„Ich bin Händlerin auf dem Markt“, fuhr die charmante Dame fort. „Und dieser *Typ*, der vermutlich mittlerweile über alle Berge ist, hat einen Teil

meiner Ware gestohlen. Es ist kaum zu glauben: Er hat die Ware einfach aus meiner Auslage gegriffen und ist weggelaufen. Ohne Zweifel, er ist ein Dieb. Dieb, das ist das richtige Wort."

Jonas und Leonie sahen die Händlerin neugierig an. Diese Frau schien wirklich originell zu sein. Neben ihrer Art sich auszudrücken und ihrer Zierlichkeit war auch ihre Aufmachung außergewöhnlich. Sie trug einen langen, roten Rock, über den sie eine Schürze gebunden hatte, die voller bunter Flecken war. Sah man genauer hin, stellte man fest, dass jeder Fleck die Form eines Buchstaben hatte. Ihre Haare waren notdürftig zu einem Haarknoten hochgesteckt, der nur dank dreier hineingesteckter Stifte zusammenhielt.

„Ich bin die Händlerin der Worte. Ich verkaufe Wörter. Und ich bin sehr verärgert, darf ich euch sagen, weil dieser Dieb mir meinen ganzen Vorrat an höflichen Wörtern gestohlen hat. Höfliche Wörter, die dazu bestimmt sind, das Zusammenleben zu erleichtern. Gewissermaßen Wörter, die zum guten Miteinander gehören."

Leonie und Jonas sahen sich verständnislos an.

„Sie verkaufen Wörter? Aber das kann nicht sein, Wörter kann man nicht kaufen", wagte Jonas ihr entgegenzuhalten.

„Aber natürlich können sie gekauft werden! Sicherlich, man kann sie auch auf der Straße einsammeln, man kann sie auf dem Schulhof finden, da stimme ich dir zu. Aber die erstklassigen Wörter, die präzisen, soliden, eleganten Wörter, die Wörter mit einem guten Preis-Leistungs-Verhältnis, da muss man schon zu mir kommen", antwortete die Händlerin freundlich.

Jonas war nicht wirklich überzeugt und bohrte weiter: „Ich kann das nicht glauben. Ich habe noch nie ein Wort gekauft!"

„Vielleicht sind deine Eltern bei mir gewesen und haben die Wörter dann an dich weitergegeben. Ohne Zweifel beherrschst du einige Wörter, die aus meinem Geschäft stammen, selbst wenn du davon nichts weißt", antwortete die Händlerin und zwinkerte ihm zu.

Leonie hatte fasziniert zugehört. Nun sagte sie:

„Die Händlerin hat sicherlich recht, Jonas. Schau, wir wissen doch nicht immer, wo die Dinge herkommen, die unsere Eltern mitbringen. Wir können sie einfach fragen, ob sie schon mal hier waren, wenn wir wieder zu Hause sind."

Jonas nickte, aber offenbar sah die Händlerin ihm an, dass er ihr immer noch nicht glaubte, denn sie lachte und zwinkerte nun Leonie zu. Dann holte sie eine kleine Schachtel aus ihrer Schürzentasche, sah Jonas direkt in die Augen sagte: „Nimm dieses Wort, es ist perfekt für dich. Ich schenke es dir. Es ist das Wort *skeptisch*."

„Oh, vielen Dank!", sagte Leonie.

„Vielen Dank!", wiederholte Jonas langsam, während er die Schachtel öffnete. „Dieses Wort kenne ich gar nicht. Was bedeutet es denn?"

„Sieh mal, hier in der Schachtel findest du eine Gebrauchsanweisung“, erläuterte die Händlerin. „Du wirst dich vom Sinn dieses Wortes überzeugen können und oft Gebrauch davon machen. Es ist ein sehr schönes Wort und es kann dir beim Erwachsenwerden helfen. Jemand, der wie du nicht gleich jede Erklärung akzeptiert, der alles kritisch hinterfragt, was ihm begegnet, den kann man als *skeptisch* bezeichnen. Wie du sehen kannst, hat es die Form eines Schlüsselanhängers. Du kannst an diesem Schlüsselanhänger deine Wissensschlüssel sammeln, wenn du magst. Denn du wirst dank deiner skeptischen Haltung sehr viel Wissen sammeln und Wissen ist der Schlüssel zur Welt. Zweifle an allem. Das ist eine sehr gute Methode. Sie ist der Anfang der Weisheit.“

Jonas wusste nicht, was er sagen sollte. Einerseits fragte er sich, ob sich die Händlerin gerade über ihn lustig machte. Andererseits fühlte er sich irgendwie durchschaut, denn er zweifelte ja tatsächlich selbst daran, dass sie sich über ihn lustig machte. Also beschloss er, zu schweigen.

Ein älterer Herr trat an den Marktstand und fragte nach Fremdwörtern. Die Händlerin zog sogleich eine Kiste, die mit wunderschönen Ornamenten verziert war, unter dem Tisch hervor, und der Herr begann begeistert darin zu kramen. Gleich darauf trat eine Mutter an den Stand heran, die einen Zwillingswagen vor sich herschob. Sie suchte nach beruhigenden Wörtern. Die Händlerin reichte ihr einen blauen Samtbeutel, in dem es leise klingelte. Die Kundin spähte glücklich in den Beutel, bezahlte und ging weiter.

Jonas hätte der Händlerin noch ewig bei der Arbeit zusehen können, aber schließlich zog ihn seine Schwester am Ärmel. „Jonas, wir müssen nach Hause!“

Jonas nickte, aber er bewegte sich keinen Zentimeter.

„Also gut“, sagte Leonie. „Lass uns Mama fragen, ob wir noch mal herkommen dürfen, während sie das Mittagessen vorbereitet.“

Damit war Jonas einverstanden.

Als sie ihrer Mutter von der Händlerin der

Worte erzählten, lachte sie und sagte: „Natürlich kenne ich die Händlerin der Worte. Eine Dame von Welt mit den besten Manieren."

Mehr war nicht aus ihr herauszukriegen. Aber sie erlaubte den Geschwistern sofort, ein zweites Mal auf dem Markt vorbeizuschauen, und trug ihnen herzliche Grüße auf.

Der Marktstand der Worte

Nun, da es auf die Mittagszeit zuging, war auf dem Markt noch viel mehr los als zuvor. Trauben von Menschen schlenderten langsam an den verschiedenen Auslagen vorbei. Sie begutachteten die Waren mit dem strengen Blick eines erfahrenen Experten, egal ob es sich dabei um Kleider, Wurstwaren, Matratzen oder Nähmaschinen handelte …

Einige Händler boten ihre Ware unter Zeltbahnen an, andere hatten nur eine Art Klapptisch, über den sie einen Sonnenschirm gespannt hatten. Manche stellten ihre Kunsthandwerksfiguren auf einer Decke am Boden aus. Auch gab es einige Lieferwagen, die sich an der Seite öffnen ließen. Der Fischhändler und der Käseverkäufer benutzten solche. Sie sprangen dort in weißen Schürzen herum wie Marionetten in einem Kasperletheater.

Die Geschwister fanden den Stand der Händlerin der Worte dieses Mal trotz der vielen Menschen auf Anhieb. Selbst wenn die Händlerin kein Schild mit der Aufschrift *Verkauf von Wörtern jeder Art* aufgehängt hätte, wäre jedem Kunden sofort klar gewesen, was sie verkaufte: Überall strotzte es ja nur so vor Wörtern! Sie lagen auf ihrer Auslage. Sie hingen an der bunten Plane, welche die Auslage vor Regen schützen sollte. Sie schauten aus Kisten und Kartons heraus, die sich um den Marktstand herum türmten. Wohin man auch blickte, überall gab es Wörter – in jeder Sorte, für jeden Geschmack und für jede Gelegenheit.

Manche waren aus dunklem Holz geschnitzt, andere aus blitzendem Metall geschmiedet. Es gab Wörter aus luftigleichter Spitze, die bei jedem Luftzug davonzuflattern drohten wie Schmetterlinge. Und es gab welche aus flauschiger, dicker Wolle, die aussahen, als könnte man sich wunderbar in sie hineinschmiegen.

Um den Stand herum lag ein ganz besonderer Duft in der Luft. Jonas wunderte sich. Wie konnte es gleichzeitig nach einem Sommertag am Meer und nach Weihnachten riechen?

Die Händlerin schwirrte hin und her. Sie tauchte hinter dem Stand herab, um eine rote Dose mit Kosewörtern hervorzuholen, die sie einem jungen Mann zeigte. Gleich darauf bot sie einem anderen Kunden an, in einer moosbewachsenen Kiste auf dem Boden herumzuwühlen, damit er dort sein Glück fand – er suchte nach Wörtern für die Gartenarbeit. Einem Dritten reichte sie ein in Zeitungspapier eingepacktes Wort, das sehr schwer zu sein schien, und sagte dazu: „Gewichtige Wörter haben ihr Gewicht, geben Sie auf Ihren Rücken acht!"

Jonas und Leonie beobachteten die Händlerin fasziniert bei der Arbeit. An frischgebackene Eltern verkaufte sie die ersten Worte für Babys, wie *Papa* oder *Mama* und für Eltern von Teenagern hatte sie eine Höflichkeitsvitrine, in der sie in Goldpapier eingepackte und mit Schleifen geschmückte höfliche Ausdrücke präsentierte.

Ein Kunde fragte sogar nach einem kleinen Fluch. Er wollte ihn für den Sonntag kaufen, zum Heimwerken. „Wissen Sie“, sagte er. „Manchmal brauche ich beim Heimwerken einfach unbedingt einen Fluch. Zum Beispiel, wenn ich mir mit dem Hammer auf den Finger schlage oder wenn ich

einen Fleck auf mein Hemd bekomme, obwohl ich dachte, sehr gut aufgepasst zu haben."

Die Händlerin verfügte tatsächlich über diese Art von Wörter. Aber sie klärte den Kunden streng darüber auf, dass er den kleinen Fluch, den sie ihm anbot, nur zum persönlichen Gebrauch und nur allein in seinem Schuppen einsetzen dürfte. Er war nicht dazu gemacht, als grobes und gemeines Schimpfwort zu dienen, das sich gegen andere Menschen richtete.

Richtige Schimpfwörter oder verletzende Wörter verkaufte die Händlerin nicht. Alle Wörter, die sie anbot, ermöglichten den Menschen, sich gegenseitig zu verstehen.

Als für einen Moment alle Kunden mit Wörtern versorgt zu sein schienen, traten die Kinder näher an den Stand heran.

Die Händlerin strahlte sie an. „Oh, wie nett, dass ihr noch einmal bei mir vorbeischaut!"

„Wir waren neugierig und wollten uns Ihren Stand genauer ansehen. Ihre Wörter sind wunderschön!", sagte Leonie.

„Danke!“, antwortete die Händlerin. „Ich versuche tatsächlich, meinen Kunden nur die besten Wörter anzubieten. Produkte von hoher Qualität. Das ist übrigens nur ein kleiner Teil meines Bestandes. In meiner Werkstatt habe ich noch Tausende andere Wörter.“

„Es existieren also noch mehr Wörter als diese hier?“, fragte Jonas. Auch er war sehr beeindruckt, versuchte aber, dies nicht so zu zeigen.

„Ja, aber leider benutzen die Leute nur sehr wenige. Zwei- oder dreihundert. Immer dieselben. Es ist wirklich schade. Schade wegen des Reichtums an Wörtern und Möglichkeiten, etwas auszudrücken. Und dann ist es auch nicht gut für mein Geschäft, muss ich gestehen.“

„Fehlen Ihnen etwa Kunden?“, fragte Leonie besorgt.

„Ach, weißt du, im Moment ist es nicht einfach. Wenn ich etwas verdiene, dann vor allem wegen der geläufigen Wörter. Man braucht immer einige Synonyme, um über das Wetter zu sprechen oder über seine kleinen Wehwehchen – also Wörter, die sich voneinander unterscheiden, aber dasselbe meinen. Nichts Außergewöhnliches."

Jonas bemerkte das Wort *Bitte*, das aus einem Karton herausragte. „Ich dachte, der Dieb hat alle Ihre höflichen Wörter mitgenommen? Haben Sie die Wörter wiedergefunden?"

„Nein, leider nicht", antwortete die Händlerin. „Es sind mir nur ein paar alltägliche höfliche Ausdrücke geblieben. Ein paar *Bitte*, ein paar *Danke* und einige *Guten Tag*. Es ist schlimm. Der Dieb hat die Kiste mit den unentbehrlichsten Wörtern gestohlen. Wörter, die für ein gutes Zusammenleben zwingend notwendig sind: Wörter der Toleranz. Wenn man sie nicht mehr wiederfindet und sie anfangen zu fehlen, werden sich die Beziehungen zwischen den Menschen schlagartig verschlechtern. Und das macht mir Angst."

„Sie denken, die Leute werden sich streiten und zanken?", fragte Jonas nach.

„Sie werden sich beleidigen, sich provozieren, sich kränken … Ja, das befürchte ich", antwortete die Händlerin traurig.

Alle drei schwiegen eine Weile.

Jonas spielte gedankenverloren mit dem Wort *skeptisch*, das er an seinem Gürtel befestigt hatte. Schließlich sagte er entschlossen: „Meine Schwester und ich werden Ihnen helfen, die Kiste mit diesen kostbaren Wörtern wiederzufinden."

Leonie sah ihren Bruder überrascht an, aber die Miene der Händlerin hellte sich auf. „Wie gut, dass ihr gerade an diesem Tag meinen Stand gefunden habt. Ich kann eure Hilfe sehr gut gebrauchen!"

„Haben Sie denn einen Verdacht, wer der Dieb gewesen sein könnte?", fragte Leonie.

Die Händlerin der Worte runzelte die Stirn. „Nein, leider nicht. Es ging alles so schnell. Aber er hat dich doch angerempelt, Jonas. Hast du da nichts Auffälliges bemerkt? Etwas Besonderes an seinem Aussehen oder etwas Ungewöhnliches an seiner Kleidung?"

„Ich erinnere mich an nichts", antwortete Jonas. „Er hat mich umgerannt und dann lag ich auf der Nase."

Als er jedoch das Wort *Nase* aussprach, kehrte

ein Geruch in seine Erinnerung zurück. Ein ganz spezieller Geruch. „Aber doch, ja, da war etwas. Der Dieb roch merkwürdig. Man könnte auch sagen, er stank!"

„Es ist nicht immer einfach, die richtigen Worte zu finden, um einen Geruch zu beschreiben. Aber kannst du uns ein bisschen mehr sagen?", fragte die Händlerin.

„Es roch sehr streng, nach Katzenklo und Pferdemist!", antwortete Jonas.

„Nach Katzenklo und Pferdemist, sagst du? Das lässt mich an einen Geruch denken, den Beleidigungen verströmen. Der Dieb müsste demnach eine

Person sein, die es gewohnt ist, andere Menschen zu beschimpfen. Vielleicht hat er sich mit einem Komplizen gestritten? Dieser Hinweis ist jedenfalls schon mal ein guter Anfang."

Jonas dachte nach. Warum hatte der Dieb gerade diese Kiste mitgenommen, in der sich alle Wörter zum guten Zusammenleben befanden, obwohl sie ohne Zweifel nicht zu einem Dieb passten? Solche Wörter hatten für ihn doch keinerlei Nutzen!

Seine Schwester riss ihn aus seinen Gedanken. „Haben Sie Feinde?", fragte sie die Händlerin.

„Feinde? Nein, jeder schätzt mich hier! Ich habe nur Freunde in dieser Stadt", antwortete diese. Dann überlegte sie einen Augenblick und fügte fast entschuldigend hinzu: „Naja, es gab diese etwas aufgeheizte Diskussion, vor einigen Tagen, mit dem Blumenhändler Leo Rosenstrauch."

„Worum ging es denn?", fragte Jonas.

„Ach", sagte die Händlerin der Worte. „Er wollte mich unbedingt dazu überreden, ihm die Hälfte meiner Standfläche hier auf dem Markt zu überlassen, und hat mir dafür einen großen Blumenstrauß versprochen. Ich habe ihm geantwortet, dass ich meinen Stand leider nicht verkleinern kann, weil ich sonst meine Auswahl an Wörtern einschränken müsste. Und dass das wiederum dazu führen würde, dass ich von meinem Geschäft nicht mehr leben könnte. Da hat er sich furchtbar aufgeregt, ein paar Drohungen und ein paar Beleidigungen ausgestoßen, die einen unangenehmen Geruch hinterließen, und den Marktplatz dann wütend verlassen. Aber dass er etwas mit dem Diebstahl zu tun hat, das kann ich mir nicht vorstellen."

Leonie warf Jonas einen vielsagenden Blick zu. Jonas schüttelte fast unmerklich den Kopf. Auch er sah das anders als die Händlerin. Sie mussten unbedingt mit diesem Herrn Rosenstrauch sprechen, und zwar so schnell wie möglich!

Leo Rosenstrauch

Nach dem Besuch bei der Händlerin war Jonas voller Tatendrang. Für ihn gab es keinen Zweifel: Leo Rosenstrauch war der Täter. Sie würden den Fall lösen und den Dieb überführen und das schneller, als es Sherlock Holmes gelingen würde. „Die Händlerin der Worte hat heute wieder ihren Platz eingenommen und der Blumenhändler hat ihre Waren gestohlen, um sich zu rächen. Jetzt müssen wir ihm das nur noch beweisen, das ist alles“, sagte er zu seiner Schwester.

Leonie schüttelte den Kopf. „Warum sollte ein Blumenhändler alle Wörter mitnehmen, die für ein gutes Miteinander wichtig sind? Etwa, um freundlich mit seinen Nachbarn zu sprechen? Und außer-

dem: Wenn sich die Kunden der Händlerin der Worte nicht mehr freundlich miteinander unterhalten können, wenn sie sich die ganze Zeit nur streiten, dann kommt wahrscheinlich keiner von ihnen mehr auf die Idee, Blumen zu verschenken. Der Blumenhändler kann überhaupt kein Interesse daran haben, dass die Leute sich gegenseitig verabscheuen. Eher im Gegenteil: Freundlichkeit ist wichtig für sein Geschäft!"

„Vielleicht hat er ja die Absicht, die Wörter zum guten Zusammenleben gratis zu verteilen. So würden seine Kunden dazu ermutigt werden, seine Blumensträuße zu kaufen. Damit die Blumen die Worte beim Aussprechen begleiten", entgegnete Jonas.

„Das glaubst du doch selbst nicht, Jonas! Die Händlerin der Worte würde sicherlich davon erfahren und es wäre klar, dass er der Dieb ist!"

Die Kinder unterbrachen an dieser Stelle ihre Überlegungen, weil sie vor dem Blumenladen angekommen waren. Er lag am Ende einer düsteren Sackgasse.

„Jetzt verstehe ich, warum sich Leo Rosenstrauch eine Standfläche auf dem Marktplatz wünscht. Um sein Blumengeschäft zu finden, muss man die Adresse kennen und einen guten Orientierungssinn haben“, sagte Leonie.

„Ich habe einen Hinweis“, murmelte Jonas mit leiser Stimme, während er laut in der Luft herumschnupperte.

„Was meinst du? Was hast du herausgefunden?“

Die Nase in einem Blumentopf vergraben, der auf dem Bürgersteig stand, sagte Jonas: „Hier riecht es ganz schrecklich. Ich glaube, wir sind dem Dieb auf der Spur!“

„Du hast deine Nase in einen Kübel mit Geranien gesteckt und viele Geranien riechen nun mal nicht so gut. Erinnere dich nur mal an Omas Garten“, sagte Leonie lachend.

Jonas zog seinen Kopf aus dem Blumentopf. Ein bisschen beleidigt versuchte er, irgendetwas Intelligentes zu erwidern. „Und wenn er die Worte gestohlen hat, um die Kunden der Händlerin dazu zu bringen, zu ihm zu kommen? Damit sie mit den

Blumen das ausdrücken können, wozu ihnen die Wörter fehlen?"

„Darauf bin ich noch gar nicht gekommen", gab Leonie anerkennend zu. „Du meinst, er will die Menschen dazu zwingen, in der Sprache der Blumen zu reden. Die Idee ist brillant!"

Jonas hätte gern noch mehr hinzugedichtet, um seiner Schwester zu zeigen, dass er nicht der letzte Dummkopf war. Doch dazu hatte er keine Zeit mehr. Der Blumenhändler hatte die zwei Kinder bemerkt und kam aus seinem Geschäft heraus.

Leo Rosenstrauch war ein großer, dünner, elegant wirkender Mann mit langem, lockigen Haar und sehr großen blauen Augen. Er machte einen ruhigen und ausgeglichenen Eindruck und schien so gar nicht in das Bild eines Diebes mit ungehobelter Ausdrucksweise zu passen.

Mit sanfter Stimme sprach er die Geschwister an: „Kann ich euch helfen? Seid ihr auf der Suche nach einigen Blumen, um diesen wunderbaren Tag noch zu verschönern? Oder wollt ihr einer Person, die ihr gerne mögt, eine Freude bereiten?"

BLUMEN

„Oh nein, wir haben gar kein Geld dabei“, antwortete Leonie verlegen. „Wir wollten ehrlich gesagt nur mal kurz an Ihren schönen Blumen schnuppern.“

„Hier riecht es ... sehr gut“, sagte Jonas. „Und Ihre Äußerungen riechen auch ... sehr gut ...“

Da der Blumenhändler offenbar nicht verstand, was er damit sagen wollte, fügte er hinzu: „Ich wollte sagen, es riecht hier nicht nach Katzenklo und Pferdemist. Also Ihre Worte riechen gut.“

Der Blumenhändler machte ein verwundertes Gesicht. „Ich verkaufe Blumen und gelegentlich Blumenparfüm. Aber ich verkaufe keine Wörter, auch nicht den Duft von Wörtern. Dafür müsst ihr zur Händlerin der Worte gehen. Sie hat einen Stand auf dem Markt.“

„Kennen Sie die Händlerin der Worte?“, fragte Leonie.

„Ja, sie ist eine gute Bekannte.“

„Eine gute Bekannte?“, wiederholte Jonas und kam sich wie ein Kriminalbeamter vor. „Das ist ja sehr interessant. Dennoch heißt es, dass Sie sich letzte Woche auf dem Markt mit ihr gestritten haben."

Leo Rosenstrauch wurde ein wenig rot. „Ihr kennt diese Geschichte?"

„Ja, die Händlerin hat uns selbst davon erzählt", warf Leonie ein.

„Ach, ich schäme mich so für mein Verhalten. Ich mag die Händlerin der Worte sehr gerne und ich weiß nicht, was mich dazu gebracht hat, sie so zu behandeln. Wisst ihr, ich habe sehr große finanzielle Probleme. Mein Laden ist an einem sehr schlechten Platz. Nur wenige Leute kommen hierher. Man hat mir mit Zwangsräumung gedroht, weil ich mit einigen Mieten im Rückstand bin. Also bin ich zur Händlerin der Worte gegangen, um sie zu fragen, ob es nicht möglich wäre, den Standplatz auf dem Markt zu teilen. Ich wollte die Händlerin das fragen, weil ich finde, Wörter und Blumen passen gut zueinander. Sie hatte gute Gründe, abzulehnen, aber ich habe mich furchtbar aufgeregt, weil ich so verzweifelt über meine eigene Lage war. Nun habe ich einen sehr schönen Blumenstrauß vorbereitet, den ich beabsichtige ihr heute Abend zu bringen, um mich damit zu entschuldigen."

Leonie lächelte erleichtert.

Aber Jonas misstraute dem Blumenhändler immer noch und versuchte, ihm eine Falle zu stellen. „Vergessen Sie nicht, ihr bei dieser Gelegenheit eine gewisse Schachtel zu geben."

„Denkt ihr, ich sollte ihr auch eine Schachtel Pralinen mitbringen? Vielleicht habt ihr recht. Heute Abend werde ich ihr einen schönen Blumenstrauß und eine Schachtel guter Pralinen überreichen."

„Und was werden Sie tun, wenn man Ihnen Ihr Geschäft wegnimmt?", fragte Leonie besorgt.

„Das ist zum Glück geregelt! Der Schuster oben an der Hauptstraße geht in Rente. Er hat mir vorgeschlagen, in seinen Laden umzuziehen. Es ist ein idealer Platz. Ich denke, mein Geschäft wird dort sehr viel besser laufen als hier. Und mit meinem jetzigen Vermieter konnte ich mich darauf einigen, dass ich die ausstehenden Mieten in Raten zahlen darf."

Leonie strahlte. „Das freut mich für Sie!"

Nun war auch Jonas überzeugt: Leo Rosenstrauch war unschuldig. Sie mussten den Dieb also woanders suchen.

Die Geschwister verabschiedeten sich und machten sich im Laufschritt auf den Heimweg. Ihre Mutter würde sich sicher schon wundern, wo sie so lange blieben.

Bert Bouillon

Um vom Blumenladen nach Hause zurückzugelangen, mussten Jonas und Leonie die Hauptstraße auf der Höhe des Marktes überqueren. Dabei kamen sie am Fleischstand des Metzgermeisters Bert Bouillon vorbei, den sie vom Sehen kannten, da er im selben Haus wie sie wohnte. Allerdings hatten sie sich noch nie mit ihm unterhalten, denn er war nicht sehr gesprächig und wirkte auch nicht sonderlich sympathisch.

„Unser Nachbar scheint heute ausnahmsweise mal gute Laune zu haben!“, bemerkte Jonas.

„Bist du dir sicher? Sein Lächeln ist doch total aufgesetzt. Er lächelt nur für seine Kunden.“ Leonie konnte den Fleischer, der die meiste Zeit mit einem

verschlossenen Gesicht herumspazierte, überhaupt nicht leiden. Hinzu kam, dass sie Vegetarierin war, Tiere über alles liebte und später gerne Tierärztin werden wollte.

Kaum waren sie am Stand vorbeigegangen, blieb Leonie abrupt stehen und drehte sich um. „Warte mal, Jonas, hier ist deine Spürnase gefragt. Ist das nicht der Geruch, von dem du gesprochen hast?"

Jonas näherte sich unauffällig dem Fleischstand. „Ja, vielleicht", sagte er zögernd. „Der Geruch ist weniger stark, aber hier riecht es eindeutig nach Katzenklo und Pferdemist!"

„Das ist ja merkwürdig", sagte Leonie. „Vielleicht benutzt er ein Reinigungsmittel, das so riecht?"

„Wozu braucht er denn auf dem Markt ein Reinigungsmittel? Und außerdem: Ich denke nicht, dass es irgendein Reinigungsmittel gibt, das so stinkt!", wandte Jonas ein.

„Zu dumm, dass wir jetzt dringend nach Hause müssen", sagte Leonie. „Irgendwie habe ich das Gefühl, dass Bert Bouillon etwas mit den verschwundenen Wörtern zu tun haben könnte."

Jonas und Leonie beschlossen, den Metzger gleich nach dem Mittagessen weiter zu beobachten, und machten sich schleunigst aus dem Staub. Der Verdächtige hatte nämlich schon begonnen, ihnen misstrauische Blicke zuzuwerfen.

„Wie gruselig“, sagte Leonie, als sie außer Hörweite waren. „In unserem Haus wohnt ein Krimineller!“

„Langsam“, bremste Jonas. „Noch haben wir nicht bewiesen, dass er der Täter ist.“

„Ja, aber er tötet Tiere.“

„Natürlich, er ist ein Metzger, das gehört zu seinem Beruf. Aber warum sollte er die Wörter für ein gutes Zusammenleben stehlen? Warum sollte er der Händlerin der Worte etwas Böses wollen? Wir brauchen ein Motiv, das hast du mir selbst erklärt, oder? Hey, ich spreche mit dir …“

Aber Leonie hörte nicht zu. „Vielleicht sind manche der Ausdrücke, die die Händlerin verkauft, in seinen Augen geschäftsschädigend. Zum Beispiel *Mein süßer Hase* oder *lammfromm* oder *Glücksschwein*. Vielleicht denkt er, dass Menschen, die so sprechen, kein Fleisch mehr bei ihm kaufen“, sagte sie nachdenklich.

„Da bin ich eher skeptisch“, sagte Jonas und grinste. „Hast du noch eine andere Idee?“

Aber Leonie ließ sich nicht beirren. „Warte mal, ich bin noch gar nicht fertig“, erwiderte sie. „Am Marktstand der Händlerin habe ich ein Werbeangebot speziell für Vegetarier gesehen. Man konnte

drei Gemüsewörter zum Preis von einem kaufen. Das ist doch klar wie Kloßbrühe: Der Metzger hat diese Werbeaktion für eine persönliche Provokation gehalten und kurzerhand die Kiste mit den Wörtern entwendet!“

Jonas war immer noch nicht hundertprozentig überzeugt, aber als sie zu Hause ankamen, beugte er sich doch neugierig zum Briefkasten des Metzgers Bouillon herunter und schnüffelte. „Ich würde sagen, es riecht nach Papier und Metall.“

„Und ich würde sagen, bei uns riecht es bald nach angebrannter Kartoffelsuppe“, sagte ihre Mutter, die in diesem Moment von innen die Haustür öffnete. „Wo bleibt ihr denn? Ich weiß ja nicht, welches Detektivspiel ihr hier gerade spielt, aber selbst Sherlock Holmes und Dr. Watson mussten ab und zu etwas essen!“

Leonie und Jonas nickten sich hinter dem Rücken ihrer Mutter zu, während sie die knarzende Holztreppe zu ihrer Wohnung hinaufstiegen. Nach dem Mittagessen würden sie weiter ermitteln, das war sonnenklar!

Zum Glück war ihre Mutter für den Nachmittag mit einer Freundin verabredet, und so hatten die Geschwister freie Bahn. Sie entschieden sich, den Metzger zunächst ein wenig zu belauschen. Praktischerweise wohnte er im Erdgeschoss und sein Küchenfenster ging zum Hof hinaus. Jonas und Leonie versteckten sich hinter den Mülltonnen und spitzten die Ohren.

Man musste kein schlauer Geheimagent sein, um zu merken, dass Herr Bouillon keine besonders guten Manieren hatte und nicht gerade freundlich mit seiner Frau umging. Leonie und Jonas belauschten einen handfesten Ehekrach. Und zu diesem Krach kam es offenbar nicht das erste Mal. Es war offensichtlich: Frau und Herr Bouillon hörten sich nicht zu und konnten sich schon lange nicht mehr ausstehen. Der Geruch, den die Kinder in der Nähe des Metzgers wahrgenommen hatten, kam von den Streitwörtern. Er strömte auf natürliche Weise aus dem Vokabular, das er seiner Frau entgegenschleuderte: „Du hast schon wieder das Salz vergessen, du dumme Kuh. Wie kann man nur ein so blödes Huhn sein? Ich verfluche den Tag, an dem ich ein solches Schaf geheiratet habe!“

Jonas und Leonie sahen sich an.

„Die Händlerin der Worte hat ja gesagt, dass der Dieb wahrscheinlich jemand ist, der andere Menschen beschimpft und beleidigt“, wisperte Leonie.

Jonas nickte. „Das stimmt. Aber ich finde immer noch, dass er kein richtiges Motiv hat, um einen solchen Diebstahl zu begehen. Wörter, die ein gutes Zusammenleben ermöglichen, wünscht er sich offenbar nicht.“ Obwohl der Streit, den sie belauschten, alles andere als lustig war, mussten die Geschwister kichern.

Die Kinder traten den Rückzug an. Sie beschlossen, am nächsten Tag in der Werkstatt der Händlerin der Worte vorbeizuschauen. Der üble Geruch allein brachte sie nicht weiter. Vielleicht fiel der Händlerin ja noch ein weiteres Indiz ein, nach dem sie suchen konnten.

In der Wörterwerkstatt

Das Haus der Händlerin war ein großes, verwinkeltes Gebäude mit Erkern und Türmchen. An der rechten Seite befand sich ein Wintergarten, dessen Fassade aus hohen Glasfenstern bestand, eingefasst in geschmiedete Eisenstreben.

Leonie stieß die Glastür des Wintergartens auf, an der eine Glocke angebracht war, um die Ankunft eintretender Kunden anzukündigen. Jonas trat auch herein und schloss die Tür vorsichtig hinter sich, wobei die Glocke ein zweites Mal läutete.

Alsbald tauchte die Händlerin in dem Durchgang auf, der das Haus mit dem Wintergarten verband. Sie trug nicht mehr ihre farbige Schürze mit den Buchstabenflecken, sondern hatte einen brau-

8

nen Lederschurz umgebunden und hielt einen großen Schraubenzieher in ihrer Hand. „Guten Tag, meine Lieben. Was für eine schöne Überraschung. Ich freue mich sehr, euch zu sehen!“, sagte sie lächelnd.

„Guten Tag!“, antworteten Jonas und Leonie im Chor.

„Bitte, tretet ein. Ich werde euch meine Werkstatt zeigen, wenn ihr mögt.“

„Was machen Sie in dieser Werkstatt“, fragte Jonas. „Stellen Sie hier Ihre Wörter her?“

„Nein, dies ist eine Reparaturwerkstatt. Beim Kauf meiner Wörter biete ich einen Reparaturservice an. Er ist dringend nötig, wie du siehst, denn die Menschen hören sich nicht immer gut zu. Manchmal sprechen die einen lauter als die anderen. Sie schneiden sich ihre Sätze ab und dann kommt es zu Unfällen. Das ist unvermeidlich. Einige Wörter gehen kaputt oder werden beschädigt. Also bringt man sie zu mir und ich versuche, sie zu reparieren. Ich flicke sie zusammen, aber das ist nicht immer einfach.“

Die Geschwister waren der Händlerin in einen großen Raum gefolgt, an dessen Wänden sich deckenhohe Regale befanden. Diese waren mit allen nur erdenklichen Materialien vollgestopft. Stoffballen in unterschiedlichen Farben türmten sich neben Körben, aus denen bunte Wolle hervorquoll. Holzbretter stapelten sich zwischen Kästen mit Metallstücken.

Für Jonas roch es gleichzeitig nach frisch gefallenem Schnee und nach seiner Lieblingsschokolade. Er schüttelte verwundert den Kopf.

Die Händlerin der Worte wandte sich ihrer Werkbank zu und gab den Kindern zu verstehen, dass sie näher kommen sollten. Ein Schraubstock hielt die Silbe *lie* fest. Daneben lagen ungeordnet ein *dich*, ein *ich* und die Silbe *be*. Die Geschwister betrachteten die Silben fasziniert.

„Seht ihr, hier habe ich einen Satzteil, den mir

einer meiner Kunden gebracht hat. Ich mag ihn sehr gern. Er ist ein junger, schüchterner Mann, der nicht besonders viel Glück hat. Mit seiner zarten, feinen Stimme spricht er nicht laut genug. Oft schneidet man ihm schroff das Wort ab und das ist nicht ohne Konsequenzen ... Letzte Woche fasste er sich ein Herz und sprach ein junges Mädchen an, für das er, glaube ich, einige Gefühle hegt. Aber sie schenkte ihm keine Aufmerksamkeit und schnitt versehentlich seinen Satz in kleine Stücke. Ich werde versuchen, ihn zu reparieren."

Die Händlerin setzte die Besichtigung fort. Als Nächstes zeigte sie Jonas und Leonie einige nützliche Maschinen: ein Gerät, mit dessen Hilfe sie zusammengesetzte Wörter wie *Herzblatt oder Glücksmoment* zusammenschweißen konnte, eines, mit dem sie Höflichkeitsausdrücke wie *Verzeihung* polierte, und einen Haufen Feilen, um die Wörter zum Glänzen zu bringen, die in der feinen Gesellschaft ausgesprochen wurden. Hier lagen auf einem Seidentuch einige Sätze herum, die die Kinder nur aus Büchern kannten.

„Schaffen Sie es immer, die Wörter wieder zu reparieren?“, fragte Jonas neugierig.

„Ach, leider nicht! Es gibt Wörter, die zu oft ausgesprochen wurden, oder Versprechen, die man nicht gehalten hat. Wenn es um so etwas geht, kann ich nichts mehr machen. Sicher, ich kann sie polieren, schön anmalen oder mit neuem Stoff überziehen, aber das hilft alles nichts. Sie wirken immer ein wenig künstlich und man glaubt ihnen nicht mehr. Meistens muss ich mich dann entschließen, sie aus dem Verkehr zu ziehen.“

„Und was wird aus diesen Wörtern?“, fragte Leonie.

„Ich recycle sie, wenn es möglich ist. Ich nehme die Buchstaben, die noch in Ordnung sind, und baue so meinen Vorrat an Ersatzteilen aus. Außerdem habe ich einen Freund, einen Dichter, der von Zeit zu Zeit vorbeikommt und mir die Wörter abnimmt, die nicht mehr zu reparieren sind. Er macht daraus ganz erstaunliche Gedichte. Sie klingen, als wären sie aus einem Traum gefallen.“

Jonas traute seinen Augen kaum und zweifelte

an dem, was seine Ohren hörten. Gestern noch hatte er nicht einmal gewusst, dass man Worte kaufen, geschweige denn, sie reparieren konnte. Er sah seiner Schwester an, dass es ihr ebenso ging.

Die Händlerin lächelte. „Ihr wundert euch, oder? Und du, Jonas, bist immer noch sehr skeptisch – das kann ich dir an der Nasenspitze ansehen."

Die Kinder nickten. Für sie war Sprechen so wie Atmen, man tat es, ohne der Sache die geringste Aufmerksamkeit zu schenken.

„Unsere Sprache ist ein Schatz", sagte die Händlerin der Worte. „Es ist spannend, den ganzen Reichtum der Wörter, die faszinierende Welt des Vokabulars zu entdecken. Und es ist von großer Wichtigkeit, dass die Menschen ihre Worte mit der größten Sorgfalt verwenden, dass sie nur die schönsten von ihnen auswählen und sich präzise ausdrücken. Gleichzeitig gilt es aufzupassen, anderen Menschen nicht ins Wort zu fallen, damit deren Worte nicht abgeschnitten werden. Wörter sollte man nicht beschädigen, sie sind etwas sehr Wertvolles."

Die Händlerin der Worte nahm nachdenklich ein fleckiges *P* in die Hand und begann, es zu polieren. Als es wieder glänzte, legte sie es in eine Schachtel und sagte dann: „Als wir gestern auseinandergingen, da wolltet ihr doch noch den Blumenhändler besuchen. Wisst ihr, dass er zu mir gekommen ist, um sich mit einem Blumenstrauß und Schokolade zu entschuldigen?"

„Ja", sagte Leonie, „das war eine falsche Fährte, er hat die Kiste mit den Wörtern für ein gutes Zusammenleben nicht gestohlen."

Jonas berichtete von ihren bisherigen Ermittlungen, welche sie von Leo Rosenstrauchs Blumenladen bis zu den Mülltonnen auf dem Hinterhof ihres Hauses geführt hatten.

Die Händlerin machte ein ernstes Gesicht. „Zurzeit haben meine Kunden noch genug Wörter bei sich, die zum guten Zusammenleben der Menschen notwendig sind. Noch kann ich mit ein paar Wörtern der Höflichkeit aushelfen, die den Schein wahren. Wenn aber keine dieser unerlässlichen Wörter mehr zur Verfügung stehen, dann, da bin ich mir sicher, werden die Leute ihre Fäuste benutzen, um sich zu verständigen. Sie werden sich weder zuhören noch sich verstehen."

„Aber können Sie nicht einfach eine neue Kiste bestellen?", warf Jonas ein.

Die Händlerin der Worte schüttelte den Kopf. „Wörter kann man nirgendwo bestellen. Ich habe für jede Art von Wörtern eine ganz besondere Kiste. Wenn diese Kiste leer ist, füllt sie sich von allein mit neuen Wörtern. Das ist die Magie der Sprache. Es ist also ganz entscheidend, dass wir die Kiste wiederfinden, die der Dieb entwendet hat."

„Ich muss zugeben, dass wir im Moment überhaupt keine Spur mehr haben", gestand Leonie bedrückt. „Der merkwürdige Geruch alleine hilft uns nicht weiter."

Die Händlerin seufzte. „Ich habe mir fast die ganze Nacht den Kopf zerbrochen, aber ich weiß wirklich nicht, wer von all den Menschen, die ich kenne, diese Wörter gestohlen haben könnte", sagte sie.

„Vielleicht hat der Dieb es ja noch auf weitere

Kisten abgesehen“, sagte Jonas. „Wir könnten Ihnen am nächsten Verkaufstag beim Verkaufen helfen und unauffällig die Augen offen halten.“

„Du hast recht“, sagte die Händlerin. „Sechs Augen sehen bekanntlich mehr als zwei. Ich hoffe ja sehr, dass es nicht zu einem weiteren Diebstahl kommt, aber man kann nie wissen … Morgen ist Markttag auf dem Platz vor dem Schloss. Es würde mich sehr glücklich machen, wenn ihr dorthin kommt und mir beim Verkauf unter die Arme greift.“

Eriso Zwister

„Was darf es für Sie sein, mein Herr? Ein höfliches Wort als Geschenk? Ich kann es Ihnen in Geschenkpapier einpacken, wenn Sie mich höflich fragen … Ja, ich mache nur Scherze, mein Herr. Eine Papiertüte wird sicherlich ausreichen, oder?" Jonas nahm seine Rolle als Worthändler sehr ernst und er hatte großen Spaß daran, die Kunden zu bedienen.

Auch Leonie gefiel die Arbeit. Die Markthändlerin hatte ihr zudem eine verantwortungsvolle Aufgabe anvertraut. Sie schickte ihr die Kunden, die Ersatzwörter suchten. Diese Kunden wollten ihren Wortschatz erweitern, damit sie Wörter, die sie bereits besaßen und öfter verwendeten, austauschen konnten, ohne dabei etwas anderes zu sagen.

Dazu musste man genau verstehen, wonach der Kunde fragte, und in Zweifelsfällen auch mal im Wörterbuch nachschlagen.

Nach einer Weile beobachtete Leonie eine Dame, die einen ausladenden Hut und ein mit bunten Blumen bedrucktes Kleid trug. Sie trat an den Marktstand und flüsterte der Händlerin ein paar Worte ins Ohr, woraufhin diese erwiderte: „Es tut mir leid, meine Dame. Ich fürchte, dass ich im Moment nichts für Sie tun kann. Ich habe diese Wörter nicht mehr auf Lager. Kommen Sie ein anderes Mal wieder. Ich werde Ihnen ein paar auf die Seite legen."

„Was wollte sie?", fragte Leonie, als die Frau sich entfernte.

„Sie arbeitet als Lehrerin und hat einen Jungen in der Klasse, der sich ein Bein gebrochen hat. Darum suchte sie für seine Mitschüler nach Wörtern, mit denen diese ihre Anteilnahme ausdrücken und ihm ihre Unterstützung zusichern können. Aber alles, was zu dieser Situation passen würde, befindet sich in der Kiste, die gestohlen wurde. Wie gerne hätte ich ihr ein paar *Ich bin für dich da*, einige *Gute Besserung* und ein Dutzend *Ich helfe dir* verkauft! Nun ist die Gefahr gegeben, dass er sich ausgegrenzt fühlt."

„Gerade eben wurde ich nach einem Ersatz für ein sehr schönes Exemplar des Satzes *Ich verstehe dich* gefragt, aber ich konnte nichts finden, das gepasst hätte", sagte Leonie.

„Natürlich wüsste ich einen kleinen Ausdruck, der perfekt wäre", antwortete die Händlerin der Worte, „aber er befindet sich leider ebenfalls in der gestohlenen Kiste."

„Ich habe alles verkauft", rief Jonas und schwenkte voller Stolz eine leere Schublade durch die Luft. „Ich habe alle *Danke* und *Dankeschön* verkauft und sogar ein *Das ist nicht schlimm*, das ganz unten in der Schublade lag und so aussah, als würde es dort schon sehr lange liegen. Es war ganz verstaubt."

„Das ist sehr gut, Jonas", antwortete ihm die Händlerin. „Das ist sehr gut, aber gleichzeitig ist es auch sehr unangenehm. Es dauert nämlich immer eine ganze Weile, bis sich eine solche Kiste oder Schublade mit frischen Wörtern gefüllt hat. Das bedeutet, es gibt von nun an weder alltägliche Wörter der Höflichkeit noch schöne Ausdrücke zum guten Zusammenleben unter den Menschen in dieser Stadt. Wir müssen mit dem Schlimmsten rechnen."

In diesem Moment kam ein kleines Mädchen angerannt. Es hielt ein spitzes und scharfkantiges Wort in seinen Händen. „Die Jungs da hinten auf dem Spielplatz haben gesagt, dass ich eine Zicke bin", stieß es schluchzend hervor.

„Wie gut, dass du zu mir gekommen bist", sagte die Händlerin mit ihrer sanften und beruhigenden Stimme. „Ich werde dir helfen, dieses verletzende Wort loszuwerden. Komm mit."

Sie zog das kleine Mädchen hinter den Marktstand, vor die Waage, die sie für die Wörter bereithielt, die nach Gewicht verkauft wurden. In der Regel waren das Wörter, die sehr schwer waren – sehr schwer, was die Folgen anbelangte, wenn man sie aussprach.

Die Händlerin platzierte das verletzende Wort auf einer der beiden Waagschalen, die daraufhin sofort nach unten sank. Dann holte sie aus einer Kiste ein großes Einmachglas hervor. Das Glas war mit kleinen, weichen Wörtern gefüllt, die aussahen, als seien sie aus Watte. Von diesen legte sie vorsichtig einige auf die andere Waagschale.

„Das sind Wörter, die trösten", sagte die Händlerin an Jonas und Leonie gewandt. „Es sind kleine Wörter, kleine zarte Wörter. Ich werde so viele davon auf die Waagschale legen, bis die Waage im Gleichgewicht ist und unserer kleinen Kundin wieder leicht ums Herz wird."

Die Händlerin positionierte ein Trostwort nach dem anderen auf der Waagschale, aber diese bewegte sich keinen Zentimeter. Schließlich schüttete sie den ganzen Inhalt des Glases aus, doch nichts passierte.

„Es sind kleine Wörter, kleine süße Wörter. Daher braucht man viele, sehr viele sogar. Manchmal muss man lange reden, um einen Schmerz zu lindern."

Die Händlerin behielt weiterhin ihre zarte, ruhige Stimme. Dennoch konnte man einen leichten Ärger aus ihren Worten heraushören. Schließlich nahm sie aus dem Regal hinter sich ein großes Wörterbuch heraus und legte es auf den Berg der kleinen, zarten Wattewörter, die dabei ein wenig zerdrückte wurden oder an den Seiten der Waagschale hinunterpurzelten. Das Ergebnis war sofort zu sehen: Die Waagschalen bewegte sich, das Wort *Zicke* schwebte nach oben.

Das kleine Mädchen konnte endlich wieder lächeln. Die Händlerin schenkte ihm zum Abschied ein paar von den süßen Wörtern, die das Mädchen dankbar in seiner Tasche verstaute. „Für den Fall, dass die Erinnerung an diese hässliche Beschimpfung wiederkommen sollte", sagte sie. „Obschon ich hoffe, dass du den Vorfall komplett vergessen wirst."

Das kleine Mädchen dankte der Händlerin, verabschiedete sich von Leonie und Jonas und rannte davon.

Jonas wollte sich gerade das dicke Wörterbuch der Händlerin genauer ansehen, da erregten das

Quietschen und Knarren einer alten Kutsche und das Geräusch von Pferdehufen seine Aufmerksamkeit. Das Gespann näherte sich langsam dem Zentrum des Platzes, auf dem sich der Markt befand, und kam dort zum Stehen. Die Leute auf dem Markt fingen an zu tuscheln. Erstaunt betrachteten sie die alte Holzkutsche, die von einem müden schwarzen Pferd mit grauer Mähne gezogen wurde. Das Pferd gähnte erschöpft und schüttelte seinen Kopf, sodass sein Zaumzeug klirrte.

Auf dem Kutschbock saß ein Mann, der Jonas auf der Stelle zutiefst unsympathisch war. Der Mann war ganz in Schwarz gekleidet, hatte eine Melone auf dem Kopf und steckte in einem riesigen Mantel.

„Kennen Sie den?“, fragte Jonas die Händlerin. „Er sieht irgendwie gruselig aus.“

„Ja, ich kenne ihn. Er heißt Eriso Zwister und er ist ein Kollege. Oder sagen wir besser: ein Konkurrent. Er verkauft ebenfalls Wörter.“

„Er verkauft Wörter?“, fragte Leonie erstaunt. „Aber seine Kutsche ist schwarz, seine Kleidung ist

schwarz, es gibt nirgends eine Farbe. Das lädt nicht gerade dazu ein, etwas zu kaufen."

„Das ist wahr. Ich habe fast Mitleid mit ihm, er hat kaum Kunden."

Der schwarz gekleidete Mann stand auf, nahm ein Megafon aus Metall in die Hand und richtete eine Ansprache an die Menschenmenge: „Treten Sie näher, treten Sie näher! Ich habe Wörter im Sonderangebot! Treten Sie näher! Ich habe Qualitätswörter, in Handarbeit und traditionell gefertigt, und vor allem zu hundert Prozent aus deutscher Herstellung."

Zwei oder drei Mal wiederholte er die gleiche Leier, dann legte er das Megafon zur Seite und setzte sich zurück auf seinen Holzkoffer.

Die Menschen auf dem Markt gingen wieder ihren gewohnten Geschäften nach. Die Händlerin hatte tatsächlich recht gehabt, Eriso Zwister schien nicht besonders viele Leute anzulocken. Die Kunden scharten sich nicht um seinen Wagen.

Nur ein einziger junger Mann mit sehr kurzen Haaren und sehr großen Schuhen schlich etwas verschämt zu der Kutsche und kam mit einem in braunes Papier eingehüllten Wort zurück.

Der Markttag näherte sich unterdessen seinem Ende und weil kaum noch Menschen unterwegs waren, ließen die Kinder die Händlerin alleine und beschlossen, Eriso Zwister und seine schwarze Wörter-Kutsche aus der Nähe zu begutachten.

Sobald sie in die Nähe der Kutsche kamen, bemerkte Jonas einen starken Geruch. „Riechst du,

was ich rieche, Leonie? Es stinkt eindeutig nach Pferdemist!“

„Vielleicht liegt das daran, dass vor der Kutsche ein Pferd steht?“, erwiderte Leonie und kicherte.

Jonas verdrehte die Augen, kam aber nicht mehr dazu, seiner Schwester eine passende Antwort zu geben, denn in diesem Moment sprang Eriso Zwister vom Kutschbock und ging mit großen Schritten auf die Geschwister zu. Dabei bauschte sich sein schwarzer Mantel hinter ihm auf wie eine Gewitterwolke. Mit einem Griff zog er Jonas ganz dicht zu sich heran. Sein Atem roch so scharf, dass Jonas ganz schwindelig wurde. „Was spioniert ihr hier herum? Verzieht euch, aber schnell! Sonst ...“

Mit diesen Worten ließ er Jonas los, stieß ihn grob zur Seite und ging auf das Wirtshaus zu, das an der Ecke der Schlossstraße lag.

Pico

Leonie und Jonas sahen dem Worthändler erschrocken hinterher.

„Lass uns verschwinden“, sagte Jonas, „und zwar so schnell wie möglich!“ Er rieb sich seinen schmerzenden Arm.

„Warte mal“, sagte Leonie. „Ich habe ein Geräusch in der Kutsche gehört. Da scheint noch irgendjemand zu sein. So lange Eriso Zwister im Wirtshaus ist, kann uns ja nicht viel passieren. Lass uns mal nachsehen, was da los ist.“

Sie wartete gar nicht ab, was Jonas zu diesem Vorschlag zu sagen hatte, sondern ging noch näher an die Kutsche heran.

Jonas musste ihr wohl oder übel folgen.

Die Geschwister spähten in die Kutsche hinein. In ihrem Inneren herrschte ein heilloses Durcheinander von Kisten und lose aufeinander gestapelten Kartons.

„Ist da jemand?“, wagte Jonas zu rufen.

Über einer Kiste kam ein Kopf zum Vorschein. „Herr Zwister ist im Moment nicht da. Wenn ihr ein Wort kaufen wollt, müsst ihr auf seine Rückkehr warten.“ Die Stimme hörte sich sehr jung und sehr hoch an und war ein bisschen zittrig.

„Das ist ein kleiner Junge, was macht er da drin?“, flüsterte Leonie. „Hallo“, sagte sie etwas lauter, „wir sind keine Kunden, komm doch mal raus, wir möchten gerne mit dir reden!“

„Das geht leider nicht. Herr Zwister mag es nicht, wenn ich mit Fremden spreche“, antwortete der Junge.

„Wir sind keine Fremden“, sagte Jonas. „Wir sind Kinder, so wie du. Ich heiße Jonas und das ist meine Schwester Leonie. Wie heißt du?“

Der Junge fasste nun offenbar ein wenig Vertrauen. Jedenfalls bahnte er sich einen Weg durch die Kartons und trat ans Fenster der Kutsche. „Ich heiße Pico.“

Pico war blass und ziemlich klein und schmächtig. Er mochte in Jonas’ Alter sein, vielleicht auch etwas jünger.

„Was machst du da drin? Ist der Worthändler dein Vater?“, wollte Jonas wissen.

„Oh nein, Herr Zwister ist nicht mein Vater. Ich habe keinen Vater und eine Mutter habe ich auch nicht mehr, ich habe überhaupt keine Familie. Herr Zwister hat mich aufgenommen, nachdem ich aus dem Waisenhaus geflohen war“, fuhr Pico fort.

„Du bist aus dem Waisenhaus abgehauen? Du bist ja ganz schön mutig!“, sagte Jonas.

„Das Leben im Waisenhaus war nicht besonders lustig und als ich Herrn Zwister traf und er mir anbot, für ihn zu arbeiten, da habe ich mir gedacht, dass es mir bei ihm tausendmal besser gehen wird.“

„Und, ist er nett zu dir?“, fragte Leonie. „Wenn du mich fragst: Ich finde ihn grässlich! Und außerdem ist Kinderarbeit verboten!“

Pico lächelte traurig. „Es gibt doch diese Redewendung *Vom Regen in die Traufe*. Dafür bin ich wohl ein gutes Beispiel. Herr Zwister gibt mir genug zu essen und ein Dach über dem Kopf habe ich auch, aber er schreit mich wegen jeder Kleinigkeit an."

Jonas uns Leonie waren entsetzt und wussten nicht, was sie sagen sollten.

Schließlich fasste sich Leonie ein Herz. Sie fragte Pico, welche Art von Wörtern Eriso Zwister gebrauchte, wenn er ihn anschrie.

Pico nannte ein paar Beispiele, und sofort begann es, noch stärker nach Pferdemist und Katzenklo zu riechen. Er runzelte die Stirn. „Warum fragst du mich das alles?"

Jonas und Leonie sahen sich an. Konnten sie Pico vertrauen? Immerhin arbeitete er für Eriso Zwister, der den Geschwistern höchst verdächtig zu sein schien.

Schließlich traf Jonas eine Entscheidung. Pico ging es bei dem Worthändler alles andere als gut und diese Tatsache sprach nicht dafür, dass er mit diesem freiwillig einen Diebstahl begehen würde. Vielmehr galt es, ihn als Verbündeten zu gewinnen. Vielleicht konnten sie Eriso Zwister mit Picos Hilfe den Diebstahl nachweisen. Also berichtete er Pico von ihren Ermittlungen, ohne jedoch zu erwähnen, dass er nun Eriso Zwister verdächtigte.

Als er geendet hatte, fügte Leonie hinzu: „Die Zeit drängt. Es wird nicht mehr lange dauern, bis wir alle merken werden, dass diese wichtigen Wörter fehlen!"

Pico kletterte nun aus der Kutsche. Neben dem großen, schwarzen Pferd sah er fast zerbrechlich aus. Das Pferd schnaubte und Pico reichte ihm einen Apfel. „Das ist tatsächlich eine Katastrophe, denn Herr Zwister hat diese Art von Wörtern nicht im

Angebot. Er wird die Menschen nicht daran hindern können, sich zu bekämpfen oder zu streiten."

„Er verkauft keine Wörter für das gute Zusammenleben?", fragte Jonas.

„Doch, er verkauft einige davon, aber sie sind ziemlich eigenartig. Es sind eher Wörter aus dem Bereich der Ordnung, der Sicherheit und der Disziplin: *Aufgepasst* oder *zurücktreten* oder *Reiß dich zusammen.* Klar, sie sind auch irgendwie nützlich für das gute Zusammenleben, aber ich denke nicht, dass sie allen Menschen gefallen. Hauptsächlich verkauft er Wörter, die sehr grob sind. Diese Wörter bringen im Streitfall jedenfalls überhaupt nichts in Ordnung."

„Oh, jetzt verstehe ich, warum die Wörter, die dein Chef seinen Kunden verkauft, keine Farben haben und warum die Kutsche komplett schwarz ist", bemerkte Leonie.

„Das stimmt, alle Wörter, die Herr Zwister verkauft, sind braun oder schwarz. Es gibt keine bunten Wörter in seinen Kisten und Kartons", stellte Pico fest.

„Wie laufen denn die Geschäfte? Er kann nicht viele Kunden haben, oder?“, fragte Jonas.

„Da hast du recht. Aber er hat treue Kunden, die regelmäßig vorbeikommen, um sich bei ihm einzudecken. Manche sehen wirklich finster aus und machen mir ein bisschen Angst, aber ich weiß nicht, ob sie letztendlich wirklich böse sind. Von seinen Geschäften habe ich leider keine Ahnung. Herr Zwister sagt mir nichts und er will nicht, dass ich mich auch nur ansatzweise der Registrierkasse nähere. Allerdings ist sie sowieso immer zugeschlossen. Den Schlüssel trägt er um den Hals, selbst beim Schlafen.“

Jonas und Leonie hätten Pico gerne noch ein wenig zu Eriso Zwister befragt, aber plötzlich kletterte der kleine Junge wieselflink in die Kutsche zurück. „Er kommt!“, flüsterte er.

Erschrocken drehten sich die Geschwister um. Tatsächlich, Eriso Zwister stand vor dem Wirtshaus und wechselte offenbar einige Worte mit einem Mann, der einen Schäferhund dabeihatte und immer wieder grob an dessen Leine riss.

Jonas und Leonie verabredeten sich für den nächsten Tag mit Pico und verabschiedeten sich hastig, denn sie hatten keine Lust auf eine weitere Begegnung mit dem unfreundlichen Worthändler.

Ein neuer Freund

Der nächste Tag versprach schön und sonnig zu werden. Die Händlerin der Worte verkaufte an diesem Tag in einer anderen Stadt ihre Wörter. Leonie und Jonas hatten sich fest vorgenommen, die Ermittlungen weiter voranzutreiben.

Wie verabredet trafen sie Pico auf dem Marktplatz. Eriso Zwister hatte ihm freigegeben. Das kam laut Pico recht häufig vor. Was der Worthändler an solchen Tagen trieb, wusste er nicht.

Jonas entschied sich dazu, mit der Tür ins Haus zu fallen: „Pico, wir müssen dich etwas fragen … Wenn dein Chef der Dieb wäre, würdest du es uns sagen?“

Pico sah ihn erschrocken an. „Ihr habt Herrn

Zwister im Verdacht? Aber warum sollte er denn Wörter stehlen? Er hat kistenweise Wörter in seiner Kutsche!"

„Der Grund gibt uns auch Rätsel auf", sagte Leonie. „Aber denkst du, er wäre zu solch einem Diebstahl fähig?"

Pico kratzte sich nachdenklich am Kopf. „Wisst ihr, seit gestern Abend, seitdem ihr mir diese Geschichte erzählt habt, habe ich viel darüber nachgedacht. Herr Zwister ist ein geheimnisvoller Mann. Er spricht nicht viel und ich kann tatsächlich nicht viel über ihn sagen. Ich habe aber das Gefühl, dass er ein ehrlicher Händler ist. Ich habe ihn niemals einen Kunden betrügen sehen, indem er ihn beispielsweise beim Gewicht eines Wortes oder beim Wechselgeld übers Ohr gehauen hätte. Nein, für mich ist er kein Dieb."

„Dir ist also überhaupt nichts Verdächtiges an ihm aufgefallen?", hakte Leonie nach.

„Naja, was ich sehr merkwürdig finde, ist sein Verhalten, wenn es um Fremdwörter geht. Er verkauft nur Wörter der deutschen Sprache. Nicht einmal die Wörter, die schon vor langer Zeit in die deutsche Sprache übernommen worden sind, findet man in seinem Warenbestand. Er misstraut in gleicher Weise neuen, modischen Wörtern wie den Wörtern, die in seinen Ohren zu technisch klingen. Eines Tages hörte er das Gerücht, unser Wort *Matratze* käme ursprünglich aus dem Arabischen. Er unternahm einige Recherchen in einem großen Wörterbuch und musste schließlich feststellen, dass die Matratze, auf der er seit so langer Zeit wie ein Murmeltier geschlafen hatte, tatsächlich kein gutes, altes deutsches Wort war. In Wahrheit flog das Wort *matrah,* das im Ursprung einen Teppich bezeichnete, vor Jahr und Tag aus einem fernen arabischen Land zu uns herüber und veränderte sich ein wenig. Es wurde zu dem Wort *Matratze.* Jeder konnte ruhig und friedlich darauf schlafen. Doch der Händler wollte sich nicht an diese Idee gewöhnen. Er bekam einen fürchterlichen Wutanfall und warf kurzerhand alle Matratzen in hohem Bogen aus der Kutsche. Er überließ sie einfach einem Straßengraben. Seitdem schlafen wir auf Stroh."

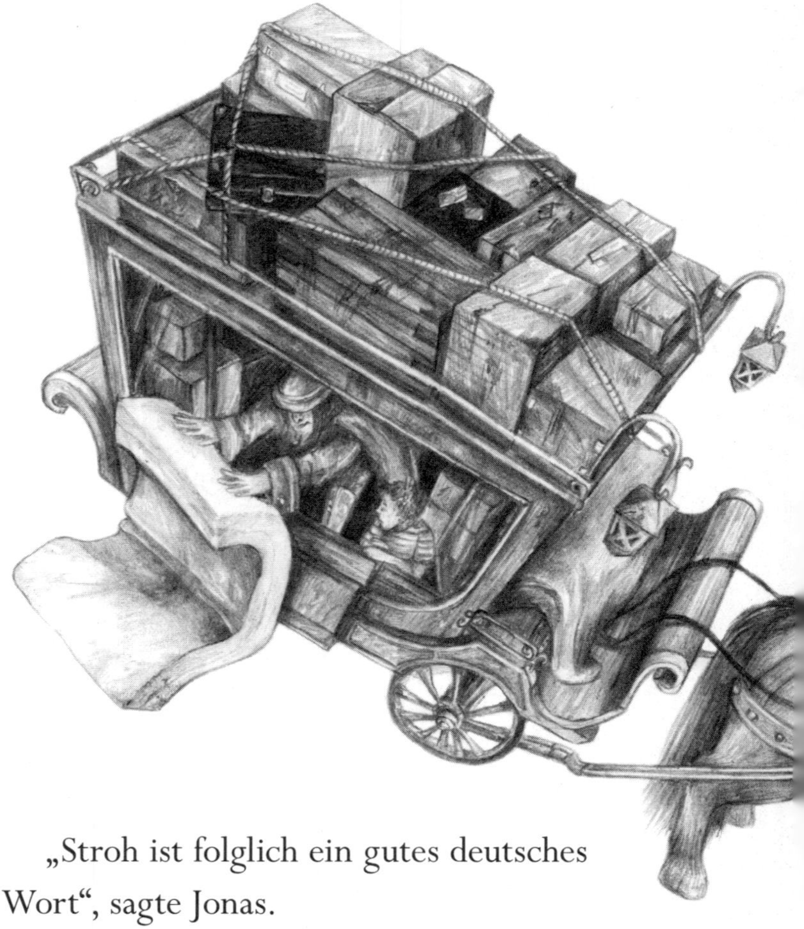

„Stroh ist folglich ein gutes deutsches Wort“, sagte Jonas.

„Ich hoffe es, denn ich habe keine Lust, auf dem Boden zu schlafen“, antwortete Pico.

„Also, Eriso Zwister ist auf jeden Fall ein merkwürdiger und total unsympathischer Typ mit seltsamen Ansichten“, sagte Leonie. „Aber gibt es eine Verbindung zwischen seiner Abneigung gegenüber

Fremdwörtern und dem Diebstahl von Wörtern, die zum guten Zusammenleben wichtig sind?"

„Also ich sehe da überhaupt keinen Zusammenhang", sagte Pico.

„Ich auch nicht", sagte Jonas. „Aber Eriso Zwister ist im Moment der einzige Verdächtige, den wir haben. Vielleicht fällt dir ja doch noch irgendetwas auf, das auf den Diebstahl hindeutet."

Da Leonie und Jonas zum Mittagessen zu Hause erwartet wurden, mussten sie sich wenig später von Pico trennen. Sie hätten ihn gerne zu sich eingeladen, aber er lehnte ab.

„Wisst ihr", sagte er. „Es ist schon so schwer genug, keine Familie zu haben. Es macht mich nur traurig, wenn ich andere Kinder zusammen mit ihren Eltern sehe."

Bedrückt machten sich Jonas und Leonie auf den Heimweg.

Obwohl immer noch die Sonne schien, waren jedoch auch die Menschen um sie herum traurig oder schlecht gelaunt und gingen nicht gut miteinander um.

Ein Mann rempelte eine alte Dame an und ging ohne ein Wort der Entschuldigung weiter. Die Kinder bückten sich und halfen ihr, den Inhalt ihrer Tasche wieder aufzusammeln, der verstreut auf dem Boden lag.

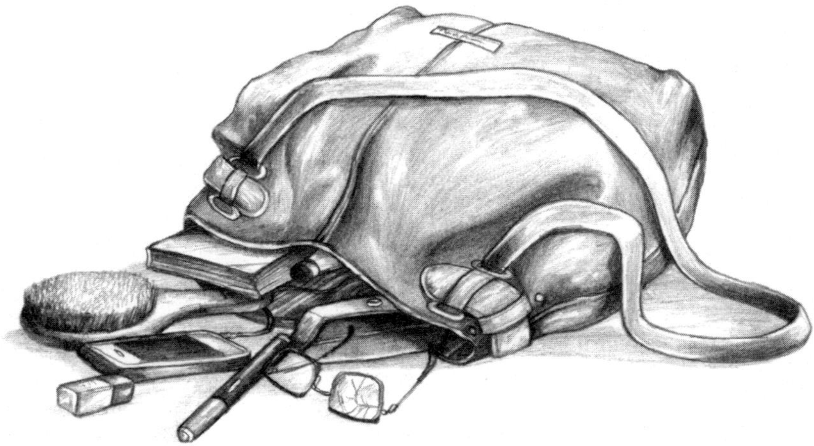

Eine Mutter zerrte ihr schreiendes Kleinkind hinter sich her, das offenbar keine Lust hatte, mit zum Einkaufen zu gehen. Sie schimpfte ohne Unterlass mit ihm und merkte nicht einmal, dass es seinen Kuschelhasen an der Kreuzung verloren hatte. Leonie rannte schnell hinter den beiden her und steckte dem Kind den Hasen zu.

„Es fängt schon an“, sagte Jonas. „Die Menschen haben nicht mehr genug Wörter, die wichtig für ein gutes Zusammenleben sind. Wir müssen diese Kiste unbedingt finden!“

Chaos auf dem Markt

Am nächsten Tag zeigte der Markt nicht sein gewohntes Bild. Die Kunden schlenderten nicht ruhig an den verschiedenen Marktständen vorbei. Ihre Schritte waren schnell und ihre Blicke unruhig. Sie verhielten sich überaus nervös.

Vor jedem Stand sammelten sich kleine Menschengruppen. Ihre Gespräche, lebhaft und laut, brachten die Geschäfte jedoch nicht in Gang. Die Kunden bemängelten die Qualität der Waren und warfen den Händlern eine Beleidigung nach der anderen an die Köpfe. Die Händler wehrten sich und gebrauchten dabei ebenfalls verletzende Worte:

„Wer so matschige Bananen verkauft, der hat wahrscheinlich auch nur Matsche im Kopf!"

„Scher dich dorthin, wo der Pfeffer wächst!"

„Dieser Kohl ist schon ganz schimmelig – ich möchte nicht wissen, wie es bei Ihnen zu Hause aussieht!"

„An Hohlköpfe wie Sie verkaufe ich sowieso nichts!"

„Diese Wurst scheint mir verdorben zu sein. Kein Wunder, Ihre Metzgerei hatte ja schon immer nicht den beste Ruf …"

Die Diskussionen drehten sich im Kreis und am Ende gingen die Menschen fluchend davon, ohne etwas zu kaufen. Jeder war schlechter Laune.

Weiter oben auf dem Platz sah man einen richtigen Menschenauflauf, der sich um eine komische, schwarze Kutsche gebildet hatte. Die Schaulustigen drängten sich wie Sardinen in einer Dose um den Wagen und beschimpften sich schonungslos. Keiner wollte gehen, bevor er nicht bekam, weswegen er gekommen war: Wörter, die verletzten: *Ich hasse dich. Verzieh dich. Geh weg. Hau ab. Gib her. Das ist meins. Wir sprechen uns noch. Halt den Mund. Nein. Lass mich in Ruhe.*

ENDLICH SCHIMPFEN
NICHT!
Verzieh
NEIN
Vergiss es!
LASS MICH IN RUHE!
LASS DAS

Die Welt stand auf dem Kopf! Der Wörterwagen von Eriso Zwister, den alle seit langer Zeit mieden, war im wahrsten Sinne des Wortes im Sturm erobert worden. Die Leute stürzten sich darauf, gebrauchten ihre Ellenbogen und schoben die Schwächsten zur Seite, damit sie endlich das bekamen, was ihnen seit Kurzem unerlässlich erschien, um mit ihren Mitmenschen zu kommunizieren.

Nun, da die Wörter zum guten Zusammenleben fehlten, schien es, als hätten die Bewohner der Stadt ihr Gedächtnis verloren. Die Menschen glaubten plötzlich nur noch an die groben Wörter. Sie rissen sich um die verletzenden Ausdrücke, sie erwarben strenge Befehlswörter und manche von ihnen kauften sogar brutale Beleidigungen.

Eriso Zwister war augenscheinlich über diese neue Entwicklung sehr erfreut. Seine Lippen waren zu einem Dauerlächeln gekräuselt, das Leonie und Jonas schaudern ließ. Die beiden hatten sich hinter einem Stand mit Körben versteckt, der sich in der Nähe der Kutsche befand.

Jedes Mal, wenn Eriso Zwister Pico unfreundlich anraunzte, weil dieser ihm die Kisten aus dem Inneren des Wagens nicht schnell genug anreichte, zuckten die Geschwister zusammen.

Schließlich hielten sie das gruselige Spektakel nicht mehr aus. Sie zogen sich zurück und liefen zum Stand der Händlerin der Worte.

Diese war außer sich. „Meine Lieben, das ist eine Katastrophe! Eine Katastrophe!“

„Gibt es denn nichts mehr, was wir tun können?“, fragte Jonas.

„Je unfreundlicher die Leute miteinander reden, desto mehr streiten sie sich. Und umso mehr sie sich streiten, desto häufiger kaufen sie bei Zwister Wörter, die verletzen. Jeder will bei einem Streit das letzte Wort haben. Es ist wie eine Welle, die immer höher steigt, und keiner weiß, wen sie am Ende alles überschwemmt.“

„Für Eriso Zwister ist das sehr gut“, stellte Leonie fest.

„Das kann man wohl sagen“, stimmte die Händlerin zu. „Ich frage mich, ob …“

„Sie denken, er ist der Dieb?“, sagte Jonas.

„Ja, Jonas. Ich beobachte ihn nun schon den ganzen Vormittag und er macht das Geschäft seines Lebens. Eigentlich lehne ich es ab, jemanden ohne einen Beweis zu beschuldigen, aber es kann einfach kein Zufall sein, dass die Leute ihm nun seine Ware nur so aus den Händen reißen. Nachdem die Wörter des guten Zusammenlebens verschwunden waren, musste Eriso Zwister nur darauf warten, dass die Menschen anfingen, unfreundlich miteinander zu sprechen, dass sie sich nicht mehr umeinander sorgten, dass jeder nur noch für sich lebte. Jetzt werden die Wörter benötigt, die nur Eriso Zwister verkauft. Sie werden ihm höchstwahrscheinlich ein Vermögen einbringen."

„Wir müssen die gestohlenen Wörter unbedingt wiederfinden. Das ist die einzige Lösung", stellte Jonas fest.

„Ja", sagte Leonie, „aber wir müssen auch die Schuld des Worthändlers beweisen, damit ihm ein für alle Mal das Handwerk gelegt wird!"

„Sobald ich mich seinem Wagen nähere, wird er Verdacht schöpfen", sagte die Händlerin der Worte. „Ich würde ja am liebsten die Polizei einschalten, aber ich fürchte, der Leiter der hiesigen Wache ist mit Eriso Zwister befreundet."

„Hat er einen Schäferhund?“, fragte Jonas.

„Ja, und den behandelt er ähnlich schlecht wie seine Untergebenen. Woher weißt du das?“

Die Kinder erzählten der Händlerin von ihren Beobachtungen vor dem Wirtshaus. Dann schwiegen alle drei eine Weile ratlos.

Schließlich war es Leonie, die entschlossen sagte: „Dann sollten *wir* es versuchen, Jonas.“

Jonas nickte und auch die Händlerin der Worte stimmte schweren Herzens zu.

Den Kindern gelang es, sich im Gewühl der Menschenmenge bis einige Meter vor den schwarzen Wörterwagen heranzutasten. Natürlich war es in dem Tumult vollkommen unmöglich, mit Pico zu sprechen. Aber die Geschwister schafften es, ihn mit Gesten zu fragen, ob er die gestohlenen Wörter in der Kutsche gefunden hatte. Pico, angetrieben von seinem Chef und beladen mit unzähligen Kartons, hatte kaum Zeit den Kopf zu schütteln. Schon beschuldigte ihn Eriso Zwister vor allen Kunden, an chronischer Faulheit zu leiden.

Es half alles nichts – zumindest einer von ihnen musste noch näher an die Kutsche heran. Jonas gelang es, zwischen den aufgebrachten Menschen hindurchzuschlüpfen. Mühsam schob er sich Meter um Meter um den Wagen herum und musterte aufmerksam dessen Inhalt. Er wusste nicht, wonach er genau suchen sollte. Die Händlerin der Worte hatte zwar versucht, ihnen möglichst genau zu schildern, wie die gestohlene Kiste aussah, aber Jonas ging nicht davon aus, dass Eriso Zwister das Diebesgut offen in seinem Wagen herumliegen ließ.

Im vorderen Teil der Kutsche zog plötzlich ein hölzerner Koffer Jonas' Aufmerksamkeit auf sich. Er lag auf der Kutschbank und diente dem Händler scheinbar als erhöhte Sitzfläche, wenn er die Pferdezügel in die Hand nahm. Über dem Koffer lag eine schmutzige, zusammengefaltete Decke. Der Koffer war mit alten, verrosteten Beschlägen ausgestattet und war so groß, dass ohne Weiteres eine ganze Wörterkiste darin Platz finden würde. Er machte Jonas vor allem neugierig, weil er nicht geöffnet war, obschon ansonsten aus allen Kisten, Koffern und Kartons Wörter heraushingen oder verstreut um diese herumlagen. Außerdem – und das war vielleicht das Wichtigste – sicherten zwei große Vorhängeschlösser den Inhalt vor unerlaubtem Zugriff. Plötzlich war sich Jonas sicher: Die Wörter zum guten Zusammenleben waren dort eingeschlossen.

Der Plan

Es war entmutigend! Die Menschenmenge, die sich um die Kutsche von Eriso Zwister versammelt hatte, war noch größer geworden. Es schien fast so, als habe sich die ganze Stadt an seinem Wörterwagen verabredet. Leere Kartons stapelten sich auf dem Boden hinter dem Wagen und Pico öffnete in einem höllischen Takt neue.

Jonas hatte sich zum Markstand der Händlerin der Worte zurückgekämpft und von dem Koffer berichtet.

„Wenn wir jetzt nichts unternehmen, hat er bald alles verkauft, und danach wird er wegfahren und es wird zu spät sein um herauszufinden, was in dem Koffer ist“, sorgte sich Leonie.

Glück
Freude
DANKE
GERN!
Bitteschön
JA!
herzlich
lachen
Küsse
FREUND
Liebe
CASA
CUP
EPLI
Cloud
HEART
MOON
LEAF
SOLEIL
PLATE
Herrlich
SCHÖN
Gut
GUTE NACHT

„Also müssen wir handeln“, brachte es Jonas auf den Punkt. „Wir müssen ihn irgendwie von der Kutsche weglocken, damit wir einen Blick in den Koffer werfen können.“

„Eine schwache Stelle, es gibt immer eine schwache Stelle, einen verwundbaren Punkt, eine Achillesferse“, murmelte die Händlerin.

„Er hat ein Problem mit Fremdwörtern“, sagte Jonas mit leiser Stimme.

„Jonas, du bist ein Genie!“

„Mach dich nicht über mich lustig. Ich habe nur laut gedacht.“

„Aber ich mache mich nicht über dich lustig!“

„Nun, was ist denn die geniale Idee, Leonie?“, fragte die Händlerin.

„Wir werden den Händler der Worte provozieren, und zwar mit Fremdwörtern.“

Die Händlerin der Worte hob fragend die Augenbrauen.

„Pico hat uns erzählt, dass Eriso Zwister völlig überreagiert, wenn es um Fremdwörter geht. Wir könnten also versuchen, ihn mit solch einer Masse an Fremdwörtern zu bombardieren, dass er in Panik gerät. Diesen Moment könnten wir dann nutzen, um uns den Holzkoffer zu schnappen."

Jonas nickte langsam und hob dann anerkennend beide Daumen.

Die Händlerin der Worte verschwand hinter ihrem Marktstand und kam mit zwei großen Koffern wieder hervor. „Hier sind alle meine Fremdwörter."

Sie legte beide Koffer auf den Boden und öffnete sie. Die Kinder wühlten sofort neugierig darin herum.

„Und was machen wir jetzt mit diesen Fremdwörtern?", fragte die Händlerin.

„Wir müssen erreichen, dass die Kunden bei Zwister Fremdwörter benutzen, wenn sie ihn ansprechen. Das wird er nicht lange aushalten …", sagte Leonie.

„Glaubst du etwa, alle Kunden des Worthändlers kennen Fremdwörter?", wandte Jonas ein.

„Nein. Daher werden wir alle Fremdwörter aus diesen Koffern gratis verteilen. Sind Sie damit einverstanden?"

„Ja, natürlich. Die Wörter in den Koffern sind allerdings ziemlich bunt zusammengewürfelt. Die Kunden werden also zum Teil recht unsinnige Äußerungen erhalten."

„Das ist nicht wichtig", entgegnete Leonie. „Eriso Zwister versteht sie ja sehr wahrscheinlich sowieso nicht, weil er Fremdwörter unsinnigerweise ablehnt."

„Und wie willst du die Leute dazu bringen, die Fremdwörter in Zwisters Gegenwart zu benutzen?", fragte Jonas.

Leonie beugte sich zur Händlerin, gab Jonas ein Zeichen näher zu kommen und unterbreitete schließlich mit gedämpfter Stimme ihren geheimen Plan: „Wir werden unter den Marktbesuchern ein Gerücht in Umlauf bringen. Wir werden behaupten, es gäbe nicht mehr für alle genügend Wörter, die verletzen. Man müsse sich beeilen und zudem habe der Worthändler entschieden, alle Kunden zu bevorzugen, die in ihrer Bestellung ein Fremdwort benutzten. Alle Kunden, die Fremdwörter benutzten, würden zuerst bedient. Die Fremdwörter seien in diesem Fall wie eine Art Code für Sonderangebote."

„Aber werden die Leute das glauben?", fragte Jonas besorgt.

„Ich denke, Leonies Idee ist gut", sagte die Händlerin. „Im Geschäftsleben funktioniert es ausgezeichnet, wenn man die Kunden glauben macht, sie würden besser behandelt als die anderen. Das ist billig und platt, aber es funktioniert."

Und damit war es entschieden. Jonas und Leonie nahmen jeder einen Koffer und gingen entschlossenen Schrittes Richtung Markteingang. Die Händlerin hätte ihnen zu gerne geholfen, die Fremdwörter zu verteilen, aber die Kunden von Eriso Zwister wären misstrauisch geworden, weil sie bekanntermaßen seine Konkurrentin war.

Leonie hatte vollkommen recht gehabt: Niemand fand die Werbekampagne zweifelhaft. Sehr schnell erreichte der erste Kunde, ein Mann mit einer karierten Mütze, die Kutsche. Er äußerte stammelnd den Wunsch nach einem Wort oder einer Redensart, die er verwenden könnte, wenn ihn jemand nach einem Gefallen – gleich welcher Art – befragte. Der Händler verkaufte tatsächlich sehr schöne Ausdrücke, um etwas abzulehnen. Der Mann mit der karierten Mütze murmelte also, wie es ihm Leonie eingeredet hatte, einige Fremdwörter, um die Vorteile der Werbeaktion zu genießen. Er sagte *kolossal* und *Phänomen* und *abstrakt*.

Jonas, dessen Koffer schon leer war und der Eriso Zwister von dem Stand mit Korbwaren aus beobachtete, sah, dass er schlagartig ganz rot im Gesicht wurde und sich mit einem Taschentuch über die Stirn wischte. Er bemühte sich offenbar, die Fassung zu wahren, schickte den Kunden umgehend weg und versuchte, sein Geschäft wieder aufzunehmen, indem er sich einem herannahenden jungen Mann zuwandte.

Dieser hatte wohl ebenfalls von dem Angebot Wind bekommen, aber offenbar verstanden, dass man die Fremdwörter in gereimter Form vorbringen sollte. Also schleuderte er dem Händler einen Reim an den Kopf: „*Magister Zwister*, es *imponiert* mir *pointiert*, der Reim *ad hoc improvisiert*, die *Insertion* mich *interessiert*."

Das war zu viel. Der Händler verlor seine Beherrschung. Er warf mit Schimpfworten um sich und beleidigte den jungen Mann. Der wiederum ließ sich das natürlich nicht bieten und antwortete im selben Tonfall.

Innerhalb kürzester Zeit beteiligten sich andere Kunden an der Auseinandersetzung. Die einen stellten sich auf die Seite des jungen Mannes, die anderen nahmen Partei für den Händler.

Nun kamen aber immer neue Kunden, die nicht wussten, was vor sich ging. Sie bemühten sich eifrig, ihre Fremdwörter fallen zu lassen, um möglichst vor allen anderen das versprochene Angebot zu erhaschen. Da die Auseinandersetzung mittlerweile eine ohrenbetäubende Lautstärke erreicht hatte, sahen sie sich gezwungen, Eriso Zwister ihre Fremdwörter zuzuschreien: *Phobie*, *Melancholie, Artefakt* und *Sinfonie.* Ein Sammelsurium von Fremdwörtern auf einem Schlag.

Der Händler wurde offenbar beinah wahnsinnig. Er zitterte am ganzen Körper, rang nach Luft, sprang schließlich von seiner Kutsche herunter, drängte sich durch die erboste Menge und rannte mit großen Schritten davon.

Als die Menschenmenge den flüchtenden Händler sah, stieß sie aufgebracht die Kutsche um und plünderte die Vorräte.

„Wo ist Pico?“, schrie Leonie entsetzt.

Es war unmöglich, sich bis zu der Kutsche durchzukämpfen, die Leute gingen jetzt noch wütender aufeinander los als zuvor. Alle hatten sich die Taschen mit verletzenden Wörtern vollgestopft und wendeten diese nun gleich gegen den nächst Stehenden an.

„Im Moment haben wir keine Chance, ihm zu helfen“, rief Jonas. „Wir können nur hoffen, dass ihm nichts passiert ist!“ Entschlossen griff er nach dem Arm seiner Schwester und zog sie mit sich.

Der Holzkoffer

Die Geschwister kehrten zum Marktstand der Händlerin zurück. Sie wartete zwischen den zwei Bäumen auf die Geschwister und neben ihr stand ein kleiner, zerzauster, aber zum Glück vollkommen unversehrter Junge.

„Pico!" Erleichtert fielen Jonas und Leonie ihm um den Hals.

Er erzählte ihnen, dass er tatsächlich im Wagen gewesen war, als dieser umgefallen war. Wie durch ein Wunder war ihm nichts passiert und es war ihm gelungen, durch die rasende Menge zu schlüpfen und sich in Sicherheit zu bringen.

Gemeinsam beobachteten sie das Geschehen um die schwarze Kutsche. Allmählich kehrte wieder

Ruhe ein. Die Menschen begannen, sich erschöpft zu zerstreuen. Der Boden war übersät mit leeren Kisten, die Kartons waren aufgeschlitzt.

„Ich denke, nun sollten wir den Koffer holen“, sagte Pico schließlich.

„Hoffentlich ist er überhaupt noch da!“, sagte Jonas.

Da die Händlerin ihren Stand nicht sich selbst überlassen wollte, gingen die drei Kinder allein zu der Kutsche hinüber. Während Jonas und Leonie nach dem Koffer suchten, befreite Pico das alte Pferd von seinem Halfter und führte es zu den zwei Bäumen. Er redete sehr zärtlich auf das Pferd ein, in der Ansicht es beruhigen zu müssen. Doch das Pferd schien nicht besonders aufgeregt zu sein. Vielleicht war es einfach zu alt, um sich noch groß von irgendeinem von Menschen veranstalteten Chaos beunruhigen zu lassen.

Die Geschwister entdeckten den Holzkoffer gleichzeitig. Eriso Zwister hatte ihn offenbar mit einem Lederriemen am Kutschbock befestigt und so war er immer noch dort, wo Jonas ihn zuvor erspäht hatte. Wahrscheinlich hatten ihn die aufgebrachten Menschen, wenn sie ihn überhaupt gesehen hatten, für einen Teil der Kutsche gehalten oder waren von den Vorhängeschlössern abgeschreckt worden. Jedenfalls war der Koffer unversehrt.

Die Kinder schleppten den Koffer zum Stand der Händlerin der Worte und legten ihn dort auf den Boden. Nun war es Zeit für die Wahrheit.

Die Händlerin holte ihren großen Werkzeugkasten und einen großen Bund mit alten Schlüsseln. Aber keiner der Schlüssel passte und mit keinem der Werkzeuge ließen sich die Schlösser knacken.

Jonas wurde immer ungeduldiger. Was war da los? War die Händlerin der Worte etwa nicht in der Lage, diese alten Vorhängeschlösser aufzubrechen?

Schließlich sah die Händlerin zu den Kindern auf und zwinkerte Jonas zu. „Na, du Skeptiker? Nun denkst du, dass ich nicht in der Lage bin, diese Schlösser zu öffnen, nicht wahr?"

Jonas wurde rot.

„Dies sind besondere Schlösser, Jonas", fuhr die Händlerin fort. „Ich habe es von Anfang an vermutet, war mir aber nicht sicher. Ich denke, es sind Schlösser, die gestohlen wurden. Man kann sie nur mit einem Werkzeug öffnen, das wir Worthändler in unseren Werkstätten benutzen." Sie wühlte in ihrer Werkzeugkiste herum und förderte schließlich eine Art Heckenschere zutage, die mit ungewöhnlich scharfen Klingen ausgestattet war.

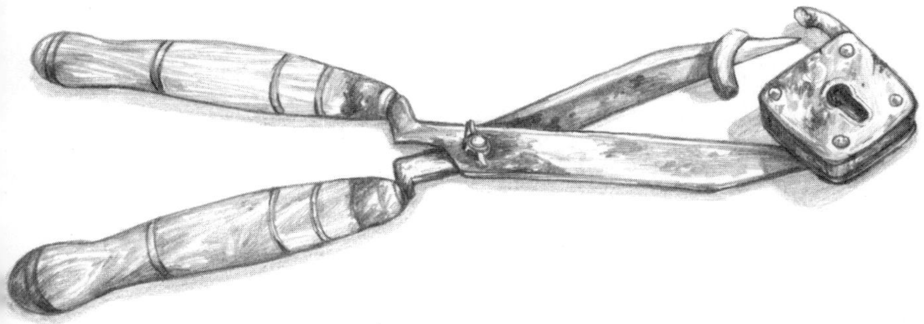

Jonas runzelte die Stirn. Sie würde doch nicht ernsthaft versuchen, die Schlösser mit einer Heckenschere zu zerstören?

Aber die Händlerin hatte ihr Werkzeug schon angesetzt und das erste Schloss damit zerstückelt. Ruckzuck zerstörte sie auch das zweite Schloss. Dann hob sie den Deckel des Koffers mit einer schwungvollen Bewegung an.

Der Koffer war randvoll, randvoll mit Wörtern des guten Zusammenlebens. Sie leuchteten in allen Farben und sahen wunderschön aus.

Die Kinder standen ganz still da und sahen auf die Wörter herunter. Sie spürten, dass sie etwas unendlich Wichtiges gefunden hatten.

Schließlich klatschte die Händlerin der Worte in die Hände. „Na, helft ihr mir, diesen Schatz auf meiner Auslage zu verteilen?"

Jonas, Leonie und Pico ließen sich nicht zweimal bitten. Als der Koffer leer war und die Händlerin die so entscheidende Kiste, die ebenfalls in dem Koffer gewesen war, sicher unter dem Tisch verstaut hatte, sagte sie nachdenklich: „Ich werde ein wenig Werbung machen müssen, damit die Leute wieder zu mir kommen."

Da hatte Pico eine Idee: „Ich hole das Megafon von Herrn Zwister aus der Kutsche, damit verkünde ich in der ganzen Stadt, dass die Wörter wieder da sind!"

„Ich begleite dich", sagte Jonas.

„Leonie, willst du vielleicht bei mir bleiben? Ich

denke, wenn die Leute erfahren, dass meine Wörter für das gute Zusammenleben wieder verfügbar sind, wird es einen großen Andrang geben. Zwei fachkundige Verkäuferinnen werden da nicht zu viel sein."

Epilog

Der Tag des großen Streits – so nannten die Bewohner der kleinen Stadt, in der Jonas und Leonie lebten, fortan den Tag, an dem so viele von ihnen rund um Eriso Zwisters Kutsche aufeinander losgegangen waren.

Aber sie sprachen nicht oft davon, denn es war ihnen unangenehm, dass es in ihrer friedlichen Stadt zu diesem Streit gekommen war.

Die Zeit ist auf ihrer Reise in die Unendlichkeit seitdem ein paar Jahre vorwärtsgerückt. Eriso Zwister, der Händler der verletzenden Worte, blieb wie vom Erdboden verschluckt. Man hat ihn nie wieder gesehen.

Pico wohnt jetzt bei der Händlerin der Worte.

Er hilft ihr bei der Arbeit, aber nur, wenn er nicht zur Schule geht.

Sonntags machen Jonas und Pico oftmals einen Spaziergang durch den Wald und nehmen das alte Pferd mit, das einst die Kusche von Eriso Zwister zog. In dem Stall, den Pico ihm in einer Ecke der Werkstatt der Händlerin gebaut hat, verbringt es einen glücklichen Ruhestand. Pico liebt Pferde über alles. Er möchte später gerne mit Pferden arbeiten.

Leonie möchte immer noch Tierärztin werden. Und Jonas kann sich nicht entscheiden. Er denkt über den Beruf des Feuerwehrmanns nach.

Und die Händlerin der Worte? Sie hat sich zur Sicherheit einen großen Vorrat an Wörtern angelegt, die zum guten Zusammenleben wichtig sind. Man weiß ja nie!

Die Menschen in der kleinen Stadt jedenfalls hören einander zu, sie achten einander und ihre Gespräche sind freundlich. Man kann sagen, dass die Geschichte ein gutes Ende nahm. Dieses Mal jedenfalls hat der Bösewicht nicht das letzte Wort gehabt.

MATRATZE

Danksagung

Für die französisch-deutsche Übersetzungshilfe bedanken wir uns ganz herzlich bei Claire Leydenbach und Mirijam Dzaack.

Thomas Lange & Claude Theil

© privat

Der Autor, Komponist, Regisseur und Produzent *Thomas Lange*, geboren 1966, studierte Tontechnik in Berlin und begann seine Laufbahn als Musikproduzent in den 90er-Jahren. Er komponierte Popmusik, Eurodance und Musicals, produzierte internationale Pop- und Rockkünstler und arbeitete mit unterschiedlichsten klassischen Orchestern. Seit 2003 lebt er in Paris und Konstanz. Er schreibt Kinderbücher, Theaterstücke, Werke für Orchester und Musicals. Viele seiner Stücke sind als Hörbücher und Hörspiele erschienen.

© privat

Der Autor und Komponist *Claude Theil*, geboren 1960 in Chartres (Frankreich), arbeitete zunächst als Grundschullehrer, war dann Vorsitzender des Theaters in Chartres und ist mittlerweile stellvertretender Bürgermeister der Stadt Lucé sowie künstlerischer Leiter der Theaterkompanie Les Héliades. Er hat schon zahlreiche CDs mit Kinderliedern veröffentlicht, komponiert für Musicalproduktionen und schreibt Theaterstücke für Jugendliche und Erwachsene. „Die Händlerin der Worte" ist sein erstes Jugendbuch.

© Barbara Wittmann

Sanna Wandtke, geboren 1989, hat an der HAW Hamburg Illustration studiert. Ihre Bilder waren schon auf Ausstellungen in Paris und Bologna zu sehen. Wenn sie nicht gerade in ihrem Hamburger Atelier sitzt und filigran und detailverliebt analog mit dem Bleistift oder digital am Computer zaubert, reist sie um die ganze Welt – immer mit einem wachen Blick für die Schönheit unseres Planeten. 2016 nahm sie am Ravensburger Illustratorenwettbewerb teil. „Die Händlerin der Worte“ ist ihre erste Buchveröffentlichung.

Das Theaterstück zum Buch!

Dieses Buch basiert auf dem Theaterstück *Die Händlerin der Worte und die gestohlenen Wörter*. In Deutschland haben schon über 300.000 Kinder die quirlige Worthändlerin gesehen. Seit Kurzem ist der Marktstand der Worte auch in Österreich und in der Schweiz unterwegs. Die Aufführungen finden in Schulen und in den regionalen Theatern statt. Begleitend für die Lehrerinnen und Lehrer gibt es kostenloses Arbeitsmaterial für den Unterricht. Presseberichte, Fotos und weitere Informationen werden aktuell auf der Internetseite *www.woerterundworte.com* bereitgestellt und können auch direkt bei der Nimmerland Theaterproduktion angefragt werden.

Nimmerland
Theaterproduktion

Schneckenburgstraße 11d 78467 Konstanz
Tel. 07531-365680 Fax 07531-36568-19
info@nimmerland.eu www.nimmerland.eu

Die Händlerin der Worte

(Textauszug/Lied)

So viele Worte klingen schön
wie Sternenstaub und Zauberfeen.
Doch manches Wort klingt sonderbar
wie Xylofon, Andromeda.

Dann gibt es Worte süß und zart
wie kleiner Schatz und Mäusebart.
Und manches Wort tut einem leid
wie Regentag und Einsamkeit.

Sehr viele Worte sind normal
wie Entenschwanz und Winterschal.
Dann wieder andere laden ein:
Geburtstagsfest, Gesangsverein.

Es gibt ein Wort für jeden Fall,
für jeden Stern in unserem All.
Das längste Wort der Medizin:
Desoxyribonuklein.

Kommt und kauft euch ein Wort!
Heute ist Markt hier im Ort.
Es ist Markt hier im Orte,
und ich bin die Händlerin der Worte.

Claude Theil/Thomas Lange

Liebe Leserinnen und Leser,

seid ihr auch so froh wie wir, dass die Wörter für das gute Zusammenleben wieder da sind?

Vielleicht habt ihr ja Lust, auf diesen Seiten einige aufzuschreiben, die euch besonders wichtig sind.

Viele Grüße von Jonas und Leonie

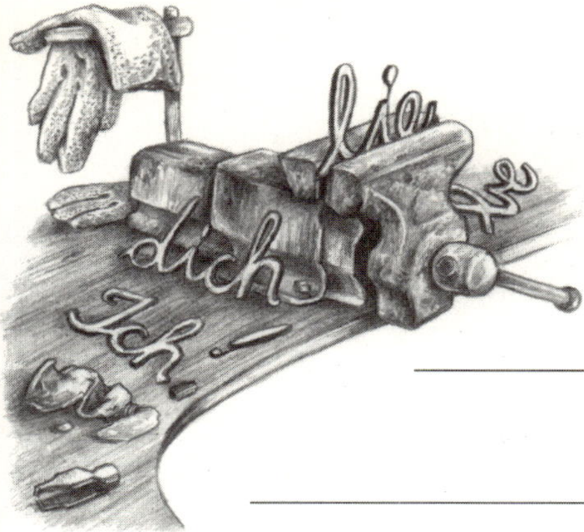
dich
Ich

PRALINEN

DANKE